천사가 죽던 날

천사가 죽던 날

김옥숙 장편소설

도토리숲

차례

7　　저승에 온 걸 환영해!
19　　내가 뱀 머리 귀신이 되다니!
47　　현성의 이야기 ———— 완벽한 아이
70　　팽나무 아래서 기다릴게
85　　로운의 이야기 ———— 해로운 아이
104　　붉은 뱀 머리 귀신 넷이 간다
113　　은서의 이야기 ———— 부서진 아이
135　　넌 아무 잘못이 없어
148　　채은의 이야기 ———— 가짜로 웃는 아이
171　　보름달이 떠오르는 밤
178　　수호의 이야기 ———— 고장 난 아이
196　　끝까지 살아만 줘!

212　　작가의 말

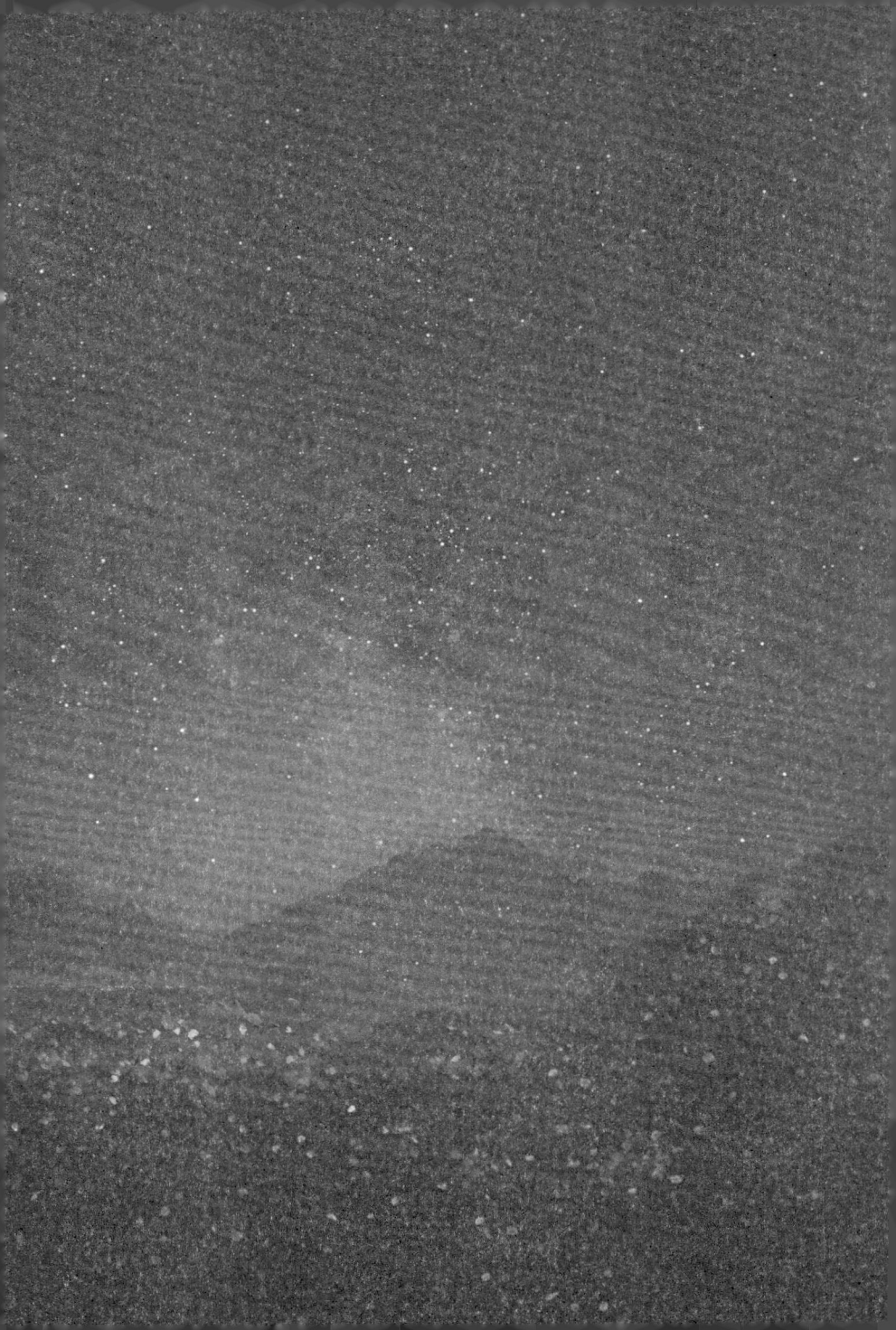

저승에 온 걸 환영해!

"정수호! 일어나!"

바닥에 떨어진 수건처럼 널브러져 있다가 눈을 떴다. 내 이름을 부르는 소리를 들었을 때 뭔가 익숙한 기분이 들었다. 마치 수업 시간에 엎드려 자다 선생님에게 갑자기 이름이 불린 상황이랄까. 검은 셔츠, 검은 정장에 검은 중절모까지 쓴 남자가 나를 내려다보고 있었다. 소스라치게 놀라 벌떡 일어났다.

"어? 누, 누구세요?"

"정수호! 저승에 온 걸 환영한다."

그 말을 듣자마자 내가 죽었다는 사실이 번개처럼 머리를 스쳤다. 남자의 얼굴이 분장한 것처럼 너무 하얗다는 생각이 들었다. 머리에 갓 대신 검은 중절모를 썼지만, 저승사자가 분명했다.

"아저씨, 저, 저승사자 맞죠?"

남자는 내 말에 빙긋 웃기만 했다. 저승이 있다고 생각한 적은 없었지만, 죽고 나서 처음 만난 인물이니 저승사자가 아니고 누구겠는가. 드라마나 영화 속의 저승사자들은 무조건 검은 옷을 입고 있었다. 아마도 드라마에 나오는 저승사자를 보고 그대로 베낀 것 같았다. 창의성이라곤 눈곱만큼도 느껴지지 않았다.

안개가 깔린 것처럼 주변이 흐릿했다. 이리저리 둘러보니 저승이라고 하기엔 뭔가 이상했다. 사방은 유골함이 층층이 들어 있는 납골당이 아닌가. 3년 전에 삼촌이 암으로 돌아가셨을 때 본, 그런 납골당 내부와 비슷했다.

높다란 아치형 푸른 천장이 마치 하늘처럼 보였다. 구름이 떠다니는 하늘을 배경으로 아기 천사들이 날아다니는 그림이 눈에 들어왔다. 모든 아이는 한때 천사였다. 나도 어렸을 때는 천사 같다는 소리를 꽤나 들었다. 문득 궁금한 생각이 들었다. 천사도 죽고 싶은 순간이 있을까?

유골함이 들어 있는 봉안당 실내는 책장이 즐비한 거대한 도서관이나 박물관 같았다. 사진이나 물건이 빼곡하게 들어 있는 안치단도 있고 유골함만 덩그러니 놓인 안치단도 있었다. 안치단 유리문에는 색색의 꽃들이 붙어 있었다. 꽃도 하나 없는 안치단과 온갖 물건으로 장식된 화려한 안치단을 보니 납골당에도 빈부 격차가 있구나 싶었다. 그나저나 저승이 왜 납골당과 같은 모습인지 전혀 납득이 되지 않았다.

"근데, 저승이 왜 이래요? 말도 안 돼. 여긴 납골당이잖아요?"

"왜 말이 안 돼? 너, 진짜 저승 가 본 적 있냐? 대체 저승이 어떻게 생겼는데?"

저승에 처음 온 나로선 말문이 턱 막혔다. 드라마나 영화에서 본 게 전부였으니까.

"납골당이 임시 저승으론 안성맞춤이지. 인구가 늘어나 저승도 포화 상태야. 이곳은 저승 임시 대기소라고 보면 돼."

"네? 저승 임시 대기소요?"

저승도 아니고, 저승 임시 대기소라니. 헛웃음이 나왔다.

"저승 가기 전 잠시 머무는 곳이라고 보면 돼. 난 최녹사라고 한다. 저승사자 말고 '최녹사님'이라고 불러 주면 좋겠어. 근데, 너 나처럼 잘생긴 저승사자 본 적 있냐?"

방금 죽은 사람 놀리는 것도 아니고 뭐라는 거야? 배우처럼 겁나 잘생긴 거 하나는 인정하겠는데 자기 입으로 말하다니 어이가 없었다.

"헐! 제가 저승사자를 언제 봤겠어요? 전 죽은 게 처음이거든요."

내 말에 최녹사가 호탕하게 웃었다. 최녹사? 그럼 최씨? 저승사자에게도 부모가 있단 말인가?

"근데, 저승사자도 엄마 아빠 있어요?"

"하하하! 부모님이 있었으니 최씨겠지?"

저승사자가 전혀 근엄하지도 않고 비현실적으로 잘생긴 것도 마음에 들지 않았다. 저승사자라면 좀 근엄하게 생겨야 어울리지 않나?

"내가 능력이 출중한 저승사자라 일이 심하게 많아. 하루빨리 후계자를 구해야 할 텐데, 영 마땅한 인재가 없다니까. 저승사자 구인난이 심각하다 보니 요즘은 무인화해서 죽은 자들을 자동으로 데려오고 있지. 예전에 비해 인구가 많이 늘었잖니? 근데 넌, 뭐가 급해서 이렇게 빨리 왔어? 저승에 뭐 먹을 게 있다고. 그냥 참고 살지, 개똥밭에 굴러도 이승이 낫다지 않냐?"

심하게 말 많고 아무 말 대잔치나 하는, 괴상한 저승사자였다. 나는 짜증이 치밀어 그를 째려보았다.

"완전 개 짜증! 저승사자님! 지금 저 약 올리는 거죠?"

"허허! 또 저승사자라 그러네. 최녹사님이라고 부르라니까."

"녹사는 너무 구식이잖아요? 사자님 말고 사장님이라 불러 드릴까요? 사장님! 저승 사장님!"

이응 하나 더 붙여 주는 게 뭐 그리 어렵겠는가. 옛다, 모르겠다. 당신은 저승 사장입니다.

"와하하하! 사장? 저승 사장? 거참, 발칙한 녀석이네. 맘에 들어. 난 신라 시대 때부터 이 일을 했어. 인간 세상으로 치면 녹사는 주민센터에서 일하는 9급 공무원쯤이랄까? 그렇다고 해서 내가 별 볼 일 없는 저승사자란 건 아니고. 흠! 이 옷차림도 그렇고, 저승도 인간 세상을 따라 하는 셈이지. 내가 인물이 좀 되니

이 옷도 잘 받지? 조선 시대엔 검은 두루마기에 갓을 쓰고 다녔어. 요즘 저승도 많이 현대화되었지. 이렇게 핸드폰도 쓰고 미니 패드도 사용해. 역시 오래 살고 볼 일이야. 안 그러니? 하여간 저승에 온 걸 환영해."

 죽었는데 오래 살고 볼 일이라니! 최녹사는 신라 시대부터 저승사자였다는데 아무래도 뻥을 치는 게 분명했다. 삼국 시대 때부터 지금까지 죽은 자들을 관리해 왔다면 대체 얼마나 많은 이가 저승으로 왔던 것일까. 신라 시대 때부터 있었다는 저승사자가 핸드폰도 쓰고 미니 패드도 쓴다고? 여기가 저승이 맞긴 한 건지, 저승이 아니라 꿈을 꾸고 있는 건 아닌가 싶었다. 뺨을 몇 번이나 때려 봐도 아무런 감각이 느껴지지 않았다.

 최녹사는 이곳 천사의 정원 말고도 납골당 열 곳을 맡아서 죽은 자들을 관리하고 있다고 말했다. 나는 남의 말 듣는 걸 제일 싫어했지만 최녹사가 떠들든 말든 내버려 두었다. 기절했다 깨어난 것처럼 멍했기 때문이다. 최녹사는 천사의 정원이 어떻게 만들어졌는지 그 유래를 한참 설명했다. 내게는 귀신 씻나락 까먹는 소리일 뿐이었다. 무슨 저승사자가 납골당 영업사원 같다는 생각이 들었다.

 "저승 사장님, 계속 들어야 해요?"
 "일단 여기 처음 왔으니 오리엔테이션이라고 생각하고 들어봐."

"제가 무슨 납골당 직원인가요? 지금 저 듣기 훈련 시키는 거죠? 전 듣기를 젤 못한단 말이에요."

나는 발을 굴렀다.

"그래, 너 듣기 훈련 시켜 주는 거야. 앞으로 잘 들어야 할 일이 많거든. 넌 잘 들어 주는 귀신이 되어야 해."

"뭘 잘 들어요? 귀신이라 이제 숟가락 들 힘도 필요 없는데."

"하하! 고딩이 뭔 아재 개그를 다 하냐?"

"와! 진짜 저승사자 맞아요? 아재 개그도 알고 고딩이란 말도 아시네. 와! 대박! 근데요, 왜 하필이면 납골당이 저승인 거냐고요? 진짜 개 이상해."

"거참, 물귀신처럼 끈질긴 녀석이네. 귀신들 인구 밀도가 가장 높은 곳이니까 그렇지."

최녹사는 내가 49일 동안 이곳에서 지내게 될 것이라고 했다. 그러고는 바쁘다며 좀 있다 보자는 말을 남기고 휙 사라져 버렸다. 그야말로 귀신에 홀린 기분이었다. 49일? 삼촌이 돌아가셨을 때 49재를 지냈던 기억이 떠올랐다. 죽은 자들은 49일이 되면 염라대왕의 심판을 받는다고 했다.

최녹사의 말에 따르자면 납골당 천사의 정원은 저승 프랜차이즈 지점인 것 같았다. 저승도 수용 인원이 많아진 탓에 치킨 전문점처럼 본점도 있고 가맹점도 있는 모양이다. 최녹사는 천사의 정원이라는 저승 체인점의 사장이나 점장 같았다.

4차 혁명 시대라더니 저승도 디지털화될 줄 상상도 못 했던 바다. 인간 세상이 빛의 속도로 변하고 있으니 저승도 인공지능처럼 자동으로 업데이트가 되는 모양이다.

나는 납골당 안을 돌아다니며 안치단을 구경했다. 납골당이나 아파트나 내부를 보면 구조와 모양도 비슷했다. 아파트도 네모나고 층층으로 지어져 있듯이 납골당의 안치단도 층층이었다. 틀에 찍어 낸 것 같은 상자 모양도 비슷했다. 아파트 평수가 다르듯 안치단도 크기가 다 달랐다. 아파트에도 로열층이 있는 것처럼 안치단도 로열층이 있는 듯했다. 아래에 셋째 단에서 여섯째 단은 다 차 있었지만 꼭대기나 맨 밑은 대부분 비어 있었다. 제일 아래와 제일 위는 참배하기 불편해서 인기가 없는 것 같았다. 네모난 안치단은 이승에서 저승으로 이사 온 자들의 집인 셈이다.

안치단 안에는 고인의 유품이 놓여 있었다. 고인에 대한 사랑의 크기를 과시하는 것처럼 고인을 기념하는 물건이나 장식품 종류가 달랐다. 미니어처 제사상이 유골함 앞에 놓인 안치단도 보였다. 과일, 떡과 고기, 술과 전, 유과가 놓인 제사상은 실제와 흡사했다. 비싼 위스키 병도 있고 막걸리, 소주병, 와인병과 같은 미니어처 술병도 다양했다. 미니어처 햄버거, 피자나 치킨, 콜라나 사이다 병도 보였다. 죽어서라도 배불리 먹고 마시라는 남겨진 자들의 마음인 듯했다. 죽으면 배고픔도 못 느끼는데 산 사람을 위로하기 위한 제사상이 아닐까.

　대부분의 안치단 안에는 조화로 테두리를 장식한 작은 액자가 놓여 있었다. 결혼사진, 가족사진, 친구들과 같이 찍은 사진 속에서 죽은 자들의 미소는 죽지 않고 생생히 살아 있었다. 어떤 유골함 앞에는 미니어처 기타와 바이올린, 장난감 자동차와 오토바이와 로봇까지 들어 있었다. 할아버지 사랑해요, 삐뚤삐뚤한 글씨가 적힌 종이 카네이션이 붙어 있는 안치단도 보였다. 사람은 떠나고 없어도 사랑은 남는다고 말해 주는 것 같았다.

　하얀 데이지와 노란 소국 꽃다발이 붙어 있는 안치단 앞에서 걸음을 멈추었다. 故 정수호. 나는 얼어붙은 듯 그 자리에 서서 안치단을 쳐다보았다. 내 이름 앞에 붙은 고(故)라는 글자 하나가 죽음과 삶 사이에 놓인 거대한 장벽처럼 느껴졌다.

　내 아들 수호야, 영원히 사랑한다. 꿈에라도 한번 와 주렴.

　안치단에는 엄마의 손 글씨로 쓴 카드가 들어 있었다. 엄마는 저 카드를 쓸 때 어떤 마음이었을까. 저 유골함 안에는 내 뼛가루가 들어 있을 것이다. 만에 하나 내가 살아난다 해도 다시 돌아갈 몸은 사라진 것이다. 귀신이 되어 유골함을 바라보고 있으니 내가 죽었다는 사실이 비로소 실감되었다.

　내 이름이 적힌 유골함 앞에 활짝 웃고 있는 내 사진이 보였다. 고등학교 입학식이 열리는 학교 강당 앞에서 저 사진을 찍을 때만 해도 죽은 내가 내 유골함을 들여다볼 거라고 상상도 못 했다. 더는 사진 속의 나를 쳐다볼 자신이 없어 뒤돌아섰다.

 신참 귀신인 나는 견학 온 것처럼 납골당을 돌아다녔다. 안개가 낀 듯 흐릿해서 밤인지 낮인지 구별이 되지 않았다. 하늘을 올려다보니 별이 반짝이고 눈썹 같은 초승달이 보였다. 밤인데도 주변 사물이 다 구별되었다. 아마도 내가 귀신이 되었기 때문에 밤에도 귀신처럼 볼 수 있는 능력이 생긴 것 같았다. 진짜 귀신이 곡할 노릇이었다.

 납골당 이름이 천사의 정원이라더니 곳곳에 대리석 천사 조각상이 보였다. 사람인지 귀신인지 구별이 안 되는 이들이 삼삼오오 돌아다니며 산책을 하거나 모여 앉아 이야기를 나누고 있었다. 연한 물감으로 그린 사람들처럼 약간 흐릿하게 보였다. 귀신들도 몰려다니며 노래를 부르거나 춤을 추거나 장난을 치거나 시끄럽게 싸우거나, 심지어 귀신들끼리 손을 잡고 다녔다. 느티나무 아래 둘러앉아 떠들거나 바둑이나 장기 두는 흉내를 내는 귀신들도 보였다. 귀신들은 둥글게 원을 그리고 노래를 부르거나 춤을 추기도 했다. 마치 공원에서 한가롭게 놀고 있는 것 같았다.

 천사의 정원에서 마음에 드는 건 바로 거대한 팽나무와 느티나무였다. 드넓은 정원 사이에 거인처럼 우뚝 서 있는 느티나무 아래 귀신들이 모여 앉아 왁자지껄 떠들고 있었다. 분수대 앞에 서서 성악가 흉내를 내며 노래를 부르는 귀신도 있었다. 다른 귀신들은 관객처럼 노래에 귀를 기울이고 있었다. 나는 귀신들에게 다가갈 엄두가 나지 않아 멀찍이 떨어져서 쳐다보기만 했다.

죽은 자들은 이곳에 49일 동안 머물다 진짜 저승으로 간다고 했다. 최녹사 말처럼 이 납골당은 일종의 신참 귀신들이 머무는 임시 대기소이거나 신병 교육대 같은 곳이 맞나 보다. 임시 저승의 생활은 살아 있을 때와 비슷하기도 하고 다르기도 했다. 귀신이니까 음식을 먹는다거나 잠을 자는 일은 당연히 없었다. 옷이 더럽다고 빨래를 해야 한다든가 목욕을 한다든가 양치를 해야 하는 귀찮은 일도 전혀 없었다.

진짜 저승에 가면 어떤지 몰라도 살아 있을 때처럼 볼 수도 있고 소리도 들렸다. 다만 감촉을 느낄 수 없다는 것이 살아 있을 때와 다른 점이었다. 차갑거나 뜨겁거나 거칠거나 부드럽거나 하는 느낌이 없었다. 피부에 와닿는 바람의 느낌, 돌멩이나 나뭇잎의 감촉, 물살의 느낌을 알 수 없었다. 제단에서 피어오르는 향냄새나 꽃향기나 흙냄새도 맡을 수 없었다. 피부에 와닿는 느낌이 사라진 것이 죽음이 아닐까 싶었다.

죽어서 저승에서 지내는 것도 또 하나의 삶이라고 할 수 있을까. 죽음이라는 것은 끝인데 이렇게 멀쩡히 생각하고 움직이고 있으니 이것 또한 삶일까. 다른 게 있다면 먹고 마시고 배설하는

번거로운 짓은 안 해도 되니 살아 있을 때보다 좋은 건가? 소리가 들리고 볼 수도 있는데, 배는 고프지 않고, 손등을 쓰다듬어도 아무런 느낌이 없었다. 바람이 부는데 바람을 느낄 수도 없고 추운지 더운지도 느낄 수 없으니 내가 죽은 것은 확실했다.

내가 귀신이 되어서 그런지 귀신들은 끔찍하지도 무섭지도 않았다. 드라마나 영화에서 보았던 끔찍한 귀신은 보이지 않았다. 나처럼 높은 데서 뛰어내리거나 끔찍한 사고로 죽은 이도 있을 텐데 다들 몸은 멀쩡했다. 귀신들은 죽기 직전에 입은 옷차림 그대로인 듯했다. 그래도 벌거벗고 죽은 귀신은 없는지, 다들 옷은 걸치고 있었다. 소복을 입고 긴 머리를 풀어 헤치고 피 칠갑을 한 무서운 귀신도 없었다. 영화에 나오는 끔찍한 모습은 인간이 상상으로 만들어 낸 귀신인 모양이었다.

여기에서 지내려면 귀신들과 좀 친해져야겠다 싶었다. 일단 내 또래부터 찾아야 했다. 살아서나 죽어서나 조직이나 무리에 끼어야만 덜 외롭고 견딜 만할 테니까. 나는 눈치를 보다 귀신들이 모여 있는 만남의 광장 쪽으로 쭈뼛대며 다가갔다.

"으악! 저, 저게 뭐야?"

"세상에! 괴물이다! 저리 가!"

"진짜 징그러워!"

"으! 끔직해."

나를 본 귀신들은 하나같이 삿대질을 하며 비명을 질러 댔다.

내가 벗은 채로 돌아다니는 것도 아닌데 어이가 없었다. 나는 귀신답지 않은 귀신들을 쫓아다니며 왜 그러느냐고 물었다. 그들이 기겁하며 소리를 질렀다. 귀신이 무서워하는 것도 있었나? 귀신들이 나를 피해 팝콘처럼 튀어 달아나는 통에 이유를 알아낼 수가 없었다. 나는 졸지에 귀신들이 무서워하는 귀신이 되어 있었다.

내가 뱀 머리 귀신이 되다니!

뭔가 이상한 기분이 들어 본관 1층 화장실로 들어갔다. 이른 아침이어서인지 봉안당에는 인기척이 없었다. 하긴 사람이 있어도 귀신이 보일 리 만무하니 별 상관이 없었다. 화장실 거울 속에서 끔찍한 괴물이 나를 쳐다보고 있었다.

"으아아악!"

나는 불에 덴 듯 펄쩍펄쩍 뛰며 소리를 질렀다. 핏빛을 띤 두 개의 뱀 대가리가 정수리에서 솟아 나와 혀를 날름대고 있었다. 뱀 대가리의 크기는 5센티미터 정도인데 날름거리는 혓바닥이 더 길어 보였다. 기절이라도 하고 싶은데 마음대로 되지 않았다. 저승에 와서 본 가장 끔찍한 괴물이 바로 나 정수호라니! 나는 사시나무 떨듯 덜덜 떨며 눈을 질끈 감았다. 그야말로 귀신이 곡할 일이었다.

내가 가장 무서워하는 게 바로 뱀이었다. 어릴 때 가족과 산에

놀러 갔다가 뱀에게 물릴 뻔한 일이 있었다. 대가리를 꼿꼿하게 쳐들고 혀를 날름대는 뱀과 마주친 순간 온몸이 돌처럼 굳었다. 그러다가 선 채로 바지에 오줌을 지리고 말았다. 그때 이후로 뱀이란 말만 들어도 질색했다.

덜덜 떨며 화장실을 나와 한참 걷다 정신을 차려 보니 눈앞에 연못이 보였다. 연못에는 붉은 수련이 떠 있었다. 군데군데 물풀이 솟아 있고 개구리밥이 초록 담요처럼 펼쳐져 있었다. 붉은 수련은 꿈결처럼 아름다웠다. 바람이 불자 수면이 흔들렸다. 반짝이는 물결이 붉은 수련에게 말을 건네는 것 같았다. 붉은 꽃은 아름답기라도 하지, 붉은 뱀이라니! 초록 뱀도 아니고, 푸른 뱀도 아니고 노란 뱀도 아니고, 하필이면 핏빛 뱀이 머리에 솟아 있단 말인가. 그야말로 대재앙이었다. 그것도 한 마리도 아니고 두 마리가 악마의 뿔처럼 솟아 있었다.

연못에 비친 내 얼굴을 내려다보았다. 정수리에서 두 마리의 뱀이 연신 꿈틀거렸다. 나는 눈을 질끈 감고 고개를 힘껏 저었다. 나르시스가 연못에 비친 자기 얼굴에 반해 물에 뛰어들어 수선화가 되었다는 그리스 로마 신화가 생각났다. 귀신인 내가 물에 뛰어들면 무엇이 될까?

연못에 비친 끔찍한 모습을 내려다보며 한숨을 쉬었다. 마침 연못가로 다가오는 최녹사가 보였다. 최녹사는 나를 힐끗 쳐다보더니 씩 미소를 지었다.

"저승 사장님! 대체 이게 뭐예요? 왜 나한테간 뱀이 달려 있어요? 이거 좀 떼 줘요."

나는 최녹사를 붙들고 신경질을 부렸다.

"뭐? 저승 사장? 내가 왜 네 사장이냐? 알바하고 싶어? 알바 시켜 줄까?"

"헐! 무슨 알바요? 저승사자나 녹사는 너무 구리잖아요? 시대가 변했으니까, 사자에다 이응 하나 더 붙이면 사장이잖아요. 근데, 이 뱀 대체 뭐예요? 뱀이나 빨리 떼 줘요!"

"내 맘대로 떼 줄 수가 없는데 어쩌지? 그래도 뱀이 낫지 않니? 너 높은 데서 뛰어내렸잖아? 근데도 이렇게 겉모습이 멀쩡하니 고마운 줄 알아야지."

"낫긴 뭐가 나아요? 다른 귀신은 다 그대론데, 도대체 왜 나만 이 끔찍한 뱀 대가리가 있어요? 다른 귀신들은 없는데?"

나는 미치고 팔딱 뛰겠는데 최녹사는 얄밉게도 빙그레 웃기만 했다. 무슨 일이 있어도 결판을 내야 했다. 멱살이라도 틀어쥐고 절대로 안 놓아 주리라.

"내가 임시 저승을 열 곳이나 관리하고 있지 않니? 업무가 심하게 많단다. 재주가 워낙 출중하다 보니 부르는 데가 많아. 회의도 많고. 빨리 직원이나 알바가 들어와야 하는데 말이야. 나, 간다."

저승사자가 진짜 사장처럼 알바 타령을 하다니 어이가 없었다. 나는 이상한 저승사자 최녹사를 가로막고 소리를 질렀다.

"제발 이 뱀 좀 없애 줘요! 어떻게 끔찍한 뱀이 머리에 생길 수 있어요? 진짜 진짜 개 억울해!"

나는 발을 동동 구르며 머리에 뿔처럼 돋아 있는 뱀을 가리켰다. 차라리 도깨비 뿔이 백배 나을 것 같았다. 혀를 날름거리는 붉은 뱀 대가리. 버섯도 아니고 풀도 아니고 꽃도 아니고 나무도 아니고 돌도 아닌 뱀이 머리에 생기다니. 이게 말이 되는가. 용의 꼬리보다 뱀 대가리가 낫다는 말도 있지만 정말이지 이건 아니다. 머리에 뱀 대가리가 돋아나 혀를 날름거리고 있다고 생각해 보라. 나야 원래 참을성이 없지만 아무리 참을성이 많다 해도 한순간도 견딜 수 없을 것이다. 저승이 아니라면 성형외과에 가서 뱀을 떼 내는 절제 수술이라도 받을 수 있을 텐데.

"거참, 시끄러운 놈일세. 그렇게 억울하면 왜 죽었어? 그냥 참고 살지."

생긴 거 하나는 참 지적으로 보이는데 저토록 단순 무식할 수가 있나? 참고 살 수 있었다면 내가 왜 자살을 했겠는가. 기가 막혀 헛웃음이 나왔다.

"와! 누가 죽고 싶어 죽었어요? 진짜 너무 하시네. 왜 나만 뱀이 있냐고? 완전 불공평해! 제발 이것 좀 어떻게 해 줘요. 여기 귀신들이 전염병 환자 취급해요. 진짜 완전 개 짜증!"

내가 소리를 지르고 팔짝팔짝 뛰어도 그는 눈 하나 깜짝하지 않았다.

"수호야, 내가 지금은 좀 바쁘단다. 요즘 청소년 자살 문제가 너무 심각하잖니? 그 때문에 저승 청소년 자살 대책회의에 참석해야 한단다. 이따 보자."

최녹사는 뭐가 바쁜지 또 바람같이 휙 사라져 버렸다. 청소년 자살 대책회의? 저승에서 청소년 자살 대책회의를 하다니, 어이가 없었다. 그런다고 이미 죽은 아이들을 살릴 수 있단 말인가. 그야말로 귀신 씻나락 까먹는 소리였다.

진짜 후회막심이다. 머리에 뱀이 돋아날 줄 진작 알았다면 자살 따위는 생각지도 않았을 텐데. 죽어 본 적도 없고 저승에 다녀온 사람을 만난 적이 없으니 저승이 이런 줄 어떻게 알았겠냐고. 금방이라도 튀어나와 물어뜯을 것만 같이 살기등등한 뱀, 갈라진 혓바닥을 날름거리는 핏빛 뱀이 머리에 붙어 있다니. 내가 지금 얼굴도 본 적 없는 염라대왕에게 벌을 받은 셈인가. 이것이 옛날이야기에 나오는 결말, 인과응보, 권선징악인가? 그래도 이건 너무하다.

초등학교 저학년 때 그리스 로마 신화 만화에 푹 빠졌었다. 가장 무섭고 오싹한 장면이 바로 메두사가 나오는 대목이었다. 긴 머리카락 한 올 한 올이 끔찍한 뱀으로 변해 꿈틀거리는 모습은 상상만으로도 심장이 얼어붙는 것 같았다. 눈을 마주치기만 해도 돌로 변하게 만드는 무서운 메두사의 모습은 DNA에 박혀 있는 태초부터의 공포를 다 자극했다. 혓바닥을 날름대는 뱀이 우글거리는 장면은 공포의 원형질이었다.

임시 저승의 주민인 보통 귀신들은 나를 무리에 끼워 주지 않았다. 내가 다가가면 질색을 하며 그 자리에서 내쫓기 바빴다. 나도 귀신인데 귀신을 피해 숨어 있어야 하다니 억울했다. 최녹사가 뱀을 떼 주지 않는다면 내 손으로 해결하는 수밖에. 무슨 좋은 방법이 없을까. 바닥에 떨어진 나무 막대기가 보였다. 막대기를 집어 들어 뱀을 떼어 내 볼까 했으나 헛수고였다. 막대기나 돌멩이 하나도 잡을 수가 없다니, 미치고 팔짝 뛸 노릇이었다. 뱀이 저절로 사라지거나 누가 떼어 주지 않는다면 이 뱀을 제거할 방법은 없다는 말인가.

머리에 뱀 대가리가 붙은 귀신은 책에서도 영화에서도 듣도 보도 못했다. 『해리 포터』 주인공 해리의 이마에 있는 멋진 번개 문신도 아니고 『다빈치 코드』에 나오는 다윗의 별도 아니고 뱀이라니. 죽어서 귀신들에게도 왕따를 당하다니 이거야말로 지옥 중의 지옥이었다. 자살하면 지옥 간다는 말은 지어낸 얘기인 줄 알았는데 정말이었나.

천사의 양쪽 날개를 펼친 듯한 웅장한 본관 건물을 올려다보았다. 납골당 중앙에는 본관, 왼쪽에는 신관, 오른쪽에는 황금빛 로열관이 있었다. 거대한 본관 건물과 신관, 관리동과 각 종교별 건물을 둘러싸고 있는 거대한 정원은 쇠락한 왕궁의 정원처럼 보였다.

　납골당 이름이 '천사의 정원'이라니, 심란하기 짝이 없다. 먼저 떠난 아들을 위해 참으로 낭만적이고 근사하고 우아한 이름을 단 납골당을 고르고 골랐으니까 엄마 아빠에게 감사해야 하나. 하지만 이름만 근사할 뿐 나에게는 악마의 정원이나 마찬가지다.

　나는 최녹사만 눈에 띄면 쫓아다녔다. 최녹사는 바람같이 나타났다가 번개처럼 사라지며 나를 약 올렸다.

　"사장님, 제발 이것 좀 어떻게 해 봐요."

　나는 본관 건물로 들어가려는 최녹사를 가로막았다. 최녹사는 사장이란 호칭에 익숙해졌는지 더 이상 최녹사님이라 부르라는 말을 하지 않았다. 최녹사는 느티나무 아래에 놓인 페인트칠이 벗겨진 녹색 나무 벤치에 앉았다. 나보고 옆에 앉으라고 손짓을 했지만 나는 그대로 서 있었다. 최녹사 곁에 있으니 주변에 어슬렁거리던 귀신들이 멀찌감치 물러서서 지나갔다.

　"대한민국 청소년 사망 원인 1위가 뭔 줄 아니?"

　자다가 뭔 봉창 두드리는 소린가? 입만 열면 귀신 씻나락 까먹는 헛소리나 지껄이는 최녹사가 얄미웠다.

　"그게 이 뱀 대가리랑 뭔 상관이에요?"

　"바로 자살이야. 청소년 다섯 중 한 명은 자살 생각에 빠지고 사흘에 한 명 꼴로 자살하지. 출산율은 꼴찌인데 청소년 자살률은 세계 1위, 대한민국은 그야말로 '자살 공화국'인 셈이야."

최녹사는 무슨 박사처럼 썰을 풀었다. 청소년 자살 대책회의에 다녀온다고 하더니 그 말이 헛소리는 아닌 모양이다.

"헐! 수업 듣는 줄? 듣기 싫거든요. 제발 이 뱀 대가리나 떼 줘요."

"그걸 왜 나한테 해 달라고 하니? 네 힘으로 해결해야지."

"말이 되는 소리를 해요. 할 수 있으면 진작 떼어 냈지, 안 되니까 그러죠. 죽으면 다 끝나는 줄 알았는데……. 대체 이게 뭐냐고요?"

나는 발을 구르며 신경질을 부렸다. 최녹사는 잠시 나를 물끄러미 쳐다보았다. 우물의 밑바닥을 들여다보는 듯한 깊고 서늘한 눈빛이었다.

"정수호! 너 왜 죽음을 선택했지?"

최녹사는 바보 같은 질문을 했다.

"죽고 싶어서죠."

바보 같은 질문엔 바보 같은 답을 해야 마땅했다.

"왜 죽고 싶었지?"

"살기 싫어서죠."

당연한 대답이었다.

"왜 살기 싫었을까?"

왜 살기 싫었냐고? 나는 대답을 못 하고 머뭇거렸다. 한숨을 길게 내쉬고는 최녹사를 똑바로 응시했다. 무슨 스무고개도 아니고 왜 곤란하게 자꾸 묻고 난리야?

"난 죽어 마땅한 놈이었어요. 살 이유도, 살 가치도 없었어요. 나 같은 건……."

최녹사는 고개를 끄덕였다. 이해한다는 눈빛이었다. 그 눈빛에 잠시 마음이 누그러지는 것 같았다.

"살 이유가 없었다? 만약에 누군가 네게 살아야 할 이유를 알려 주었다면, 어땠을까?"

"……."

아무도 내가 살아야 할 이유를 가르쳐 주지 않았다. 아무리 생각해도 살 가치가 없으니 죽어야 마땅했다. 나는 급 우울해져 고개를 떨구었다. 평화의 광장 쪽에서 귀신들이 노래를 부르는 소리가 들려왔다. 이곳 귀신들은 임시 저승에서 휴가를 즐기는 것처럼 다들 느긋해 보였다. 안식을 누리는 그들이 부러웠다.

"도진보에 대해 들어 본 적이 있나?"

최녹사는 엉뚱한 소리 하는 데는 천재다. 뱀을 떼 달라는데 딴소리나 하고 진짜 얄밉다.

"도진보가 뭔데요? 최신 게임 이름도 아니고? 도진보고, 두진보고 간에 뱀이나 떼 줘요. 그딴 게 이 뱀하고 무슨 상관인데요?"

"진짜 남의 말 듣기 싫어하는 녀석이네. 좀 참고 들어 봐. 일본에 가면 도진보라는 곳이 있어. 깎아지른 듯한 병풍 같은 절벽이 탄성을 자아내게 만들지. 이 세상 풍경이 아닌 것처럼 멋진 장소야. 그렇게 기가 막힐 정도로 아름다운 절벽 위에서 많은 사람이 바다를 향해 몸을 던지곤 하지."

투명한 에메랄드 빛깔의 바다, 절벽에 부서지는 흰 파도가 눈앞에 떠올랐다. 아름다운 절벽 위에서 바다로 몸을 던진 이들은 어떤 마음이었을까. 깎아지른 절벽 위에서 바다를 내려다보는 이의 고독한 뒷모습이 떠올랐다. 그 막막함의 깊이는 대체 어느 정도일까. 그 아름다운 절벽 위에서 마지막으로 떠올린 사람은 가장 사랑하는 사람일까. 아니면 가장 증오하는 사람일까.

"도진보에는 경찰직을 은퇴한 한 노인이 있었지. 그는 도진보 절벽 근처에서 떡집을 운영했어. 하루에 두세 번 일손을 놓고는 그곳을 순찰하는데, 수상한 낌새가 보이는 사람들을 만나면 말부터 걸었어. 그리고 그들의 이야기를 들어 주곤 했지. 그 노인이 한 거라곤 그들의 이야기를 진심으로 들어 준 거밖에 없었어. 그 덕분에 그곳의 자살률이 반으로 뚝 떨어졌다는 거야."

이야기를 들어 준 것만으로도 자살률이 반으로 줄었다고? 어떻게 그럴 수 있단 말인가.

"쳇! 이야기 들어 주는 게 대체 뭐라고. 근데, 그게 이 흉측한 뱀 대가리와 무슨 상관이 있는데요?"

"그 노인처럼 누군가 진심으로 네 말을 들어 주었다면 어땠을까? 누군가 한 사람이라도?"

어땠을까? 누군가 내 말에 귀를 기울여 주었다면 어땠을까? 답답함은 조금 풀렸을 것 같다. 돌이켜 보면 나는 아무에게도 말할 수 없어서 미칠 만큼 답답했다. 바람을 끝까지 넣은 풍선처럼 펑 터져 버릴 것 같았다.

"그랬다면 애초에 죽을 이유도 없었겠죠. 이야기하고 싶어도 할 수 없었어요. 내 자신이 너무 수치스러워서……."

나는 고개를 푹 숙였다. 갑자기 분위기를 심각하게 만드는 최녹사가 원망스러웠다.

"자살하는 사람들은 신발을 벗어 놓고 죽는다는 말 들어 본 적 있지?"

최녹사는 딴청을 피우듯 또 엉뚱한 질문을 했다.

"전 신발 신고 죽었는데요."

나는 발을 들어 올려 최녹사에게 보여 주었다. 작년에 엄마에게 생일 선물로 받은 나이키 운동화였다.

"넌 진짜 특이한 녀석이네. 왜 사람들은 신발을 벗고 죽을까?"

"그걸 제가 어떻게 알아요? 자기 맘이겠죠."

"수호야, 생각이란 걸 좀 해라. 생각을! 사람들은 집에 들어갈 때 현관에 신발을 벗어 놓잖아? 집은 발 뻗고 편히 쉴 수 있는 안식처니까. 죽을 때 신발을 벗는다는 건 저승을 안식처라고 생각한다는 거겠지? 고통을 내려놓고 쉴 수 있는 장소 말이야."

"안식은 개뿔! 여기가 무슨 안식처예요? 이마에 뱀이 달렸는데 어떻게 안식을 할 수 있어요? 도깨비 뿔도 아니고 뱀 뿔이라니! 진짜 미쳐."

"그래 네 말대로 저승은 안식처가 아니야. 영원한 안식을 얻으려면 가슴속에 꽉 찬 말을 다 쏟아 내야 해. 원과 한을 다 토해 내야 맘 편히 쉴 수 있겠지. 살아서는 못 했던 말을 누군가 들어 주어야 해."

"참 나! 그게 청소년 자살 대책회의 결론이에요? 산 사람도 아니고 죽고 나서 말을 들어 줘 봐야 무슨 소용이냐고요. 말도 안 돼. 완전 엉터리야!"

"살아서도 못다 한 이야기니까, 저승에서라도 누군가 들어 줘야 하지 않을까?"

"그렇게 생각 안 하는데요."

"그렇게 생각하든 안 하든 뱀을 떼는 게 네 소원 맞지?"

나는 고개를 끄덕였다. 뱀을 떼는 게 소원이라니, 내가 생각해도 어처구니없었다. 한껏 뜸을 들이는 최녹사가 얄밉긴 했지만 실낱같은 희망이라도 붙잡고 싶었다. 머리에 붙은 뱀 대가리를 떼 낼 수만 있다면 최녹사가 무슨 짓을 시켜도 할 수 있을 것만 같았다.

"사장님, 제발! 제발! 저 숨넘어가는 것 안 보이세요?"

"허허! 죽은 녀석이 숨이 넘어간다니. 농담도 정도껏 해라."

"제발! 뭔데요?"

"말을 잘 들어 줘야 해."

"저승에 무슨 말이 있어요? 그 무거운 말을 내가 어떻게 들어요?"

"너, 농담할 여유도 다 있구나. 말을 잘 들으라고, 말!"

"말도 안 돼요."

"왜 말이 안 되는데?"

"모르는 게 없는 게 저승사자잖아요? 내가 어떤 앤지 몰라요? 나, 절대 누구 말 안 들어요. 내가 말 잘 듣는 아이였으면 여기 이러고 있겠어요? 나한테 젤 어려운 게 누구 말 잘 듣는 거예요."

아무래도 이 저승 시스템은 고물 컴퓨터처럼 오류투성이다. 인간 세상을 흉내 내서 저승사자가 미니 패드를 들고 다니고 핸드폰을 들고 다니면 뭘 한단 말인가. 내가 살아 있을 때 어떤 아이였는지도 모르다니. 나는 고개를 절레절레 흔들었다. 이곳은 임시 저승이라기보다는 뒤죽박죽 엉망진창 저승이었다.

내가 세상에서 제일 힘들어하는 것이 남의 말을 잘 들어 주는 일이다. 나는 집중력이 제로다. 늘 딴생각에 빠져 있곤 했다. 아마도 엄마 뱃속에 있을 때부터 그러지 않았을까? 수업시간에 집중하는 것도 힘들었고, 가족의 말은 귓등으로 흘려들었다. 한 귀로 듣고 한 귀로 흘리는 게 일상이었다.

"그럼 영원히 뱀 대가리 붙이고 지내. 나야 답답할 거 없어."

"아 씨! 뱀 대가리 붙이고 어떻게 지내요? 사장님이라면 이러고 지낼 수 있어요?"

"넌 왜 너한테만 뱀이 있다고 생각하냐?"

"그러니까요. 왜 하필 나한테만 있어요?"

왜 나 혼자만 이런 일을 당해야 하는지 억울하기 짝이 없었다.

"왜 그럴까? 아까 대한민국이 자살 공화국이고 자살이 청소년 사망 원인 중 1위라고 했지? 그러니까, 이곳 천사의 정원에도 자살한 아이들이 있을까? 없을까?"

그걸 말이라고. 어? 근데 왜 나는 지금까지 여기에 자살한 아이들이 있다는 생각을 못 했을까? 혹시 뱀과 자살이 무슨 관계가 있는 것일까? 나는 아직 뱀 머리 귀신들을 단 한 명도 보지 못했다. 자연사하거나 병사하거나 교통사고로 죽은 이들, 졸지에 살해를 당한 이들에게는 없는 것 같았다.

"혹시 이 뱀이 자살의 표시인가요?"

"이제야 눈치챘구나. 역시 넌 눈치가 되게 느려."

살아서도 늘 눈치 없다는 소리를 들었는데, 저승에서도 눈치 없단 소리를 듣다니. 나는 최녹사를 째려보았다.

"쳇! 그래요. 저 눈치 개 없거든요. 근데, 모두 몇 명인데요? 자살한 애들이?"

"너를 포함해서 다섯 명이야. 여기엔 어른 자살자들도 많아.

어른들은 흰 뱀, 아이들은 붉은 뱀이 달려 있지."

뱀 머리 귀신이 나 혼자가 아니라는 말에 약간 안도했다. 그런데 왜 그 아이들을 한 번도 마주치지 못했을까. 그들은 어떻게 모습을 감추고 있기에 눈에 띄지 않았을까. 하지만 누가 있건 없건 대체 무슨 상관이란 말인가.

"그게 저랑 무슨 상관인데요? 이 뱀 대가리나 사라지게 해 달라고요."

"여기 천사의 정원에 있는 자살한 아이를 다 만나 이야기를 들어 주면 돼."

금방 훅 튀어나와 물어뜯을 것 같은 뱀, 혀를 날름거리는 뱀 머리가 붙은 귀신들을 다 만나야 한다고? 지금 이게 무슨 말인가. 뱀은 내게 달린 것만으로도 충분히 끔찍했다. 왜 그들을 다 만나야 하냐고. 어이가 없긴 했지만 뱀을 없앨 방법이 있다는 말에 정신을 차렸다.

"만나기만 하면 뱀이 떨어져요? 빨리 만날게요. 걔들 다 어디 있어요?"

나는 당장이라도 만날 것처럼 서둘렀지만 최녹사는 고개를 흔들었다.

"단지 만나기만 해선 안 되지. 내가 도진보 느인 이야기를 왜 했겠니? 그처럼 자살자의 이야기를 진심으로 들어 주어야 해. 그리고 마지막 날엔 그 애들 앞에서 네 이야기도 숨김없이 다 털어

놓아야만 뱀이 떨어진단다."

 낯선 아이들에게 내 이야기를 털어놓아야 한다고? 오 마이 갓! 나는 입을 다물 수가 없었다.

 "내 이야기를 해야 한다구요? 내가 왜요? 왜 모르는 애들 앞에서 내 이야기를 털어놓아야 해요? 그리고 제가 제일 못하는 게 듣기라니까요. 영어 듣기 시험은 쭉 3번만 찍을 정도라고요."

 나는 지겹고 힘든 건 죽어도 못 참았다. 숙제는 지겨워서 한 번도 끝내 본 적이 없다. 숙제는 하기 싫으면 학교를 땡땡이 치면 되지만 저승은 달아날 수도 없었다. 뭐든 미루기 대마왕인 나로서는 태산을 옮기는 것보다 더 힘든 일이었다. 뱀 귀신의 말을 잘 들어 주어야 한다니 미칠 노릇이었다.

 낯선 이들의 이야기를 듣는 것보다 더 힘든 것은 부끄러운 내 이야기를 그들 앞에서 해야만 하는 것이다. 수치스러운 이야기를 그 누구에게도 털어놓을 자신이 없었다. 죽으면 골치 아프고 힘든 일이 다 끝나는 줄 알았다. 죽으면 완전한 무로 돌아간다고 들었다. 그런데 저승에 와서도 왜 이렇게 끔찍한 고통을 받아야 한다는 말인가.

 "자살은 죽은 사람들이 선택한 마지막 대화의 수단이야."

 "에이, 말이 되는 소리를 하세요. 자살이 무슨 대화예요? 죽으면 다 끝인데."

 "제발 내 말을 들어 줘, 그 말이 바로 자살인 셈이지. 누구에게도 못 한 말을 자살이라는 방법을 통해 전하려고 한 셈이지. 그 말을 누군가 들어 줘야 하지 않겠니? 살아서 못다 한 말을 이 저승에서라도 누군가 들어 줘야 되지 않을까? 아참, 그거 아니?"

"뭐요? 뭐?"

"내가 널 처음부터 점찍었다는 거?"

최녹사가 의미심장한 표정으로 빙긋 웃었다.

"아 씨! 징그럽게 웃지 마세요. 뭘 점찍었다는 건데요?"

"하여간 그런 게 있어. 나중에 미션을 다 끝내고 나면 알게 될 거야. 궁금하면 미션을 잘 끝내 봐."

"아! 싫어요. 어떻게 뱀이 머리에 달린 애들을 만나란 말이에요. 전 뱀이 제일 끔찍하다구요."

나는 눈을 질끈 감고 고개를 흔들었다. 혀를 날름거리는 뱀 대가리를 머리에 달고 있는 귀신들의 이야기를 들을 자신이 없었다.

그런데 가만 생각해 보니 여기는 저승이었다. 가족도 친구도 선생님도 친척도 없고 아는 사람도 없지 않은가. 눈치 볼 사람이 없었다. 만나야 할 아이들은 나처럼 자살한 아이들, 죽은 자들이다. 그들도 억울하고 수치스러운 일을 말도 못 하게 겪었을 것이다. 그랬으니 하나밖에 없는 목숨을 제 손으로 거두지 않았겠는가. 같은 처지인 그 애들에게 내 이야기를 털어놓아도 되지 않을까. 머리에 달린 뱀을 없애 버릴 수 있다면야 쪽팔리는 게 뭐 대수겠는가.

"그 애들이 어딨는지 알려 줘야 만나든 말든 하죠."

"이야! 해 보겠다는 거네. 잘 생각했어."

최녹사는 흐뭇한 표정을 지었다. 뭔가에 낚였다는 생각이 들어 짜증이 났다.

"하겠다고 한 적 없거든요."

"수호야, 좀 솔직해져 봐. 그 애들을 찾는 것도 네 일이야."

"아 씨, 그런 게 어딨어요? 난 못 해요."

"그럼 그렇게 징그러운 뱀을 달고 영원히 원귀로 떠돌든가. 넌 끝없이 쫓겨 다니게 될 거야. 영원한 안식은 꿈도 못 꾸겠지."

최녹사는 휙 돌아섰다.

"사장님! 잠깐만요!"

최녹사의 슈트를 잡으려 했지만 마치 연기처럼 손에서 벗어났다. 막대기를 잡으려던 순간에도 이랬다.

"왜?"

"잠시 생각할 시간 좀 주심 안 될까요?"

"알아서 해. 너처럼 이렇게 귀찮게 하는 녀석은 처음 봤다. 진짜 맘에 들어. 그리고 이름도 멋진 수호야, 잊지 마. 난 널 점찍었다니까."

최녹사는 그 말을 마치더니 연기처럼 휙 사라져 버렸다. 마치 영화나 드라마에서 CG 처리를 한 것처럼 갑자기 사라져 버린 통에 뭔가에 홀린 기분이 들었다.

 신관 뒤쪽으로 돌아가 보니 천국의 계단이라는 나무 팻말이 보였다. 천국의 계단은 천사들의 모습이 새겨진 아름다운 돌계단이었다. 납골당을 내려다볼 수 있는 전망대 쪽으로 하얀 계단이 길게 죽 이어져 있었다. 천국은 무슨 얼어 죽을 천국이냐고. 내가 바랐던 것은 완벽한 사라짐이었다. 죽어서도 끝나지 않는 고통의 늪에 빠질 줄은 몰랐다. 천국의 계단 끝에는 정자로 만든 멋들어진 전망대가 있었다. 나는 그곳에 올라가 보았다. 전망대에서 내려다보니 천사의 정원도 제법 봐 줄 만했다. 저 멀리 납골당 앞 큰 도로변에 거울처럼 반짝이는 호수가 보였다.

 나는 전망대에서 내려와 거대한 느티나무 아래로 다가갔다. 느티나무에 기대고 앉아 야외 납골 묘를 내려다보았다. 경사진 넓은 언덕배기에 수천 기가 넘는 묘가 보였다. 웅장한 가족묘도 보였고 소박한 묘도 있었다. 공평하게 햇볕을 쬐고 있는 둥근 무덤은 커다란 알처럼 보였다. 저 무덤의 주인 중에도 나처럼 자살한 사람이 있을까.

 귀신들을 피해 다니다 연못가 팽나무 쪽으로 다가갔다. 늙은 팽나무를 올려다보았다. 나무가 얼마나 큰지 마치 작은 산처럼 보였다. 이 천사의 정원에서 내 마음을 가장 끄는 것은 900살이나 먹었다는 이 늙은 팽나무다. 둘레는 8미터나 되고 높이는 20미터가 넘는다고 팻말에 적혀 있었다. 팽나무 가지는 용틀임을 하는 거대한 용처럼 사방으로 뻗어 나가고 있었다. 팽나무 가지가 부러질까 봐 긴 쇠 파이프 지지대로 떠받치고 있었다. 가지가 이리저리 굽어 있는 모습이 멋지게 보였다.

천사의 정원이 만들어진 유래에 대해 최녹사가 했던 말이 허풍은 아닌 듯했다. 납골당 사장이 이 팽나무에 반해서 천사의 정원을 만들 결심을 했을 정도였다고 한다. 까치 둥지가 자그마치 열 개도 넘는 걸 보니 이 늙은 팽나무는 까치들의 전용 아파트 같았다.

팽나무의 오른쪽에는 폭이 20미터 정도 되는 연못이 있었다. 붉은 수련이 떠 있는 연못에는 붉은 잉어가 헤엄치고 있었다. 나는 연못을 내려다보며 한숨을 쉬었다. 붉은 잉어는 아름다웠지만 붉은 뱀은 두 눈 뜨고 봐 줄 수가 없었다. 한참 생각에 잠겨 있는데 최녹사가 등 뒤에서 갑자기 얼굴을 쑥 내밀었다.

"정수호!"

"아! 깜짝이야! 왜 사람을 놀라게 하고 그래요?"

내가 신경질을 버럭 냈는데도 최녹사는 빙그레 미소를 지었다. 약 올리듯 웃는 얼굴을 보니 더 짜증이 났다.

"어? 너 사람이었어? 허허! 귀신이 놀랄 일이 뭐가 있냐? 너 사람이 왜 기도를 하는 줄 아니?"

최녹사는 물 위에 돌멩이를 툭 던지듯 또 뜬금없는 질문을 던졌다.

"하느님이나, 부처님한테 힘든 거 해결해 달라고 기도하는 거잖아요."

"해결해 달란 게 아니고 내 말을 그냥 좀 들어 달란 거야. 기도하는 사이에 해결책을 스스로 찾고 마음도 편해지니까. 그래, 이젠 이야기를 들어 줄 결심이 섰니?"

"근데 그 애들이 자기 이야기를 안 하면 어떡해요? 나라면 자살한 이야기는 정말 하기 싫을 것 같은데. 두 번 다시 떠올리기도 싫을 것 같아요."

"그 애들도 뱀이 머리에 붙어 있으니까, 뱀을 떼고 싶을 거야. 그건 네가 하기에 달렸어. 그러니 재주껏 설득해 봐."

"전 재주라곤 사고 치는 것밖에 없어요."

"그것도 재주 아니겠니? 그건 그렇고 이 일도 시간이 정해져 있다는 걸 명심해. 네가 여기 온 지 닷새가 지났구나. 앞으로 열흘간 시간을 주겠다. 보름달이 뜨는 날까지 옅흘이 남았어. 보름달 뜨는 날까지 이 일을 마쳐야 한다."

"헐! 근데, 열흘 내로 못 하면 어떻게 되는 건데요?"

"뭐든 시작이 있으면 끝이 있어야지. 열흘 안에 못 끝내면 원귀로 지내게 돼. 이 저승에서 영원히 뱀을 머리에 달고 말이야. 안식은 꿈도 못 꾸고. 강요는 안 한다. 이 모든 건 네 선택에 달렸어."

"뭐가 내 선택이에요? 뱀도 머리에 맘대로 붙여 놓고. 완전 독재야."

"독재는 무슨! 여기 임시 저승의 규칙이란다. 물론 얼마 전 새로 생긴 규칙이긴 하지만."

"근데 그 애들이 대체 어디에 있어요? 전 지금까지 한 명도 못 봤어요. 가르쳐 줘요."

"찾는 것도 너한테 달렸다고 말했을 텐데?"

"사장님! 진짜 너무 하신다."

"마음을 정했구나. 역시 널 점찍은 보람이 있다니까."

최녹사는 또 알 듯 말 듯한 말을 하며 씩 웃었다.

"자! 정수호! 이제부터 시작이야."

최녹사는 그 말을 마치더니 연기처럼 사라져 버렸다. 마치 숙제를 많이 내주고 교실을 휙 나가 버리는 선생님 같았다. 살아 있을 때도 안 해 본 숙제를 저승에서 어떻게 한단 말인가. 무슨 보물찾기 게임도 아니고 어떻게 머리에 뿔 달린 아이들을 찾는단 말인가. 보물찾기 게임? 나는 게임이란 말을 되뇌어 보았다. 그래, 이건 게임이다. 어려운 숙제가 아니라 신나는 게임이라고 생각해 보자. 게임이라면 누구보다 자신 있었다. 내가 누군가. 게임이라면 물불 안 가리고 달려들던 게임 귀신이 아니던가.

천사의 정원을 관리하는 인간들은 납골당 구석구석에 설치된 100개의 CCTV로 24시간 감시를 하고 있다. CCTV에 나타나는 것은 방문객들이나 가끔 산에서 내려오는 산짐승들일 뿐이다.

납골당의 실질적인 주민이자 주인인 망자들의 존재는 CCTV에는 전혀 나타나지 않는다. 화면에 나타나지 않는다고 해서 그들이 존재하지 않는 건 아니다.

낮에는 방문객들이 납골당에 쉼 없이 들락거렸다. 비어 있는 안치단에 이사 오는 신참 귀신도 있었다. 낮에도 돌아다니는 귀신들이 드물게 있긴 하지만 대부분 인간이 왕래하지 않는 밤에 활동적으로 움직였다. 부엉이나 박쥐 같은 야행성 동물처럼 나름 이승과 저승의 질서를 잘 지키는 셈이다. 나는 밤에 나다니는 귀신들의 규칙을 깨고 낮에도 납골당을 헤매고 다녔다. 나만 보면 귀신들이 소리를 지르거나 쫓아내려 했기 때문이다. 차라리 낮에 천사의 정원을 뒤지는 게 편했다. 어쩌면 뱀 머리 귀신들도 나처럼 낮에만 다닐지도 몰랐다.

나는 납골당을 돌아다니다가 안치단에 꽃을 달고 참배를 하거나 눈물을 흘리는 사람들을 지켜보았다. 그들을 보니 나 때문에 한숨짓던 부모님 얼굴이 떠올랐다. 골칫덩어리 아들이 사라졌으니 이제 엄마 아빠는 발 뻗고 지내실지도 모르겠다.

귀에 익숙한 노래가 납골당 구석구석에 흐르고 있었다. 낮이면 납골당에는 이문세의 '시를 위한 시'라는 노래가 자주 울려 퍼졌다. 노래를 틀어 주는 직원이 이문세 팬인 모양이었다. 엄마는 이문세 팬클럽이었는데 이 노래를 가장 좋아했다.

바람이 불어 꽃이 떨어져도 그대 날 위해 울지 말아요. 가만히 노래에 귀를 기울였다. 붉은 꽃잎이 바람에 날리는 광경이 눈앞에 그려졌다. 슬픈 가사가 마음에 깊이 스며들었다. 노을 진 구름과 언덕으로 나를 데려가 줘요. 노래를 듣고 있으니 노을이 물든 강 물결이 눈앞에서 일렁이는 느낌이 들었다. 어쩌면 엄마도 이 노래를 들으며 나를 생각하다가 울고 있을지도 모르겠다.

밤낮 안 가리고 뱀이 달린 귀신을 찾으러 다닌 지 이틀이 지났다. 붉은 뱀 머리 귀신들은 흔적도 없었다. 별이 총총한 하늘에는 초승달보다 더 통통해진 만두 같은 달이 떠 있었다. 최녹사가 나를 골탕 먹이려 거짓말을 한 건 아닐까. 아무리 천사의 정원을 헤매고 다녀도 머리에 붉은 뱀 달린 귀신은 만날 수가 없었다. 대신 흰 뱀이 달린 귀신은 둘이나 만났다. 하나는 머리가 허연 할아버지 귀신이었는데 처음에는 머리 위에서 혀를 날름거리는 뱀이 흰 머리카락인 줄 알았다. 조금만 기다리면 저승에 올 건데, 저 할아버지는 왜 서둘렀을까.

또 한 명은 아주 예쁜 여자 귀신이었다. 어쩐지 낯이 익어서 자세히 보니 탤런트 같았다. 인기도 많던 그 연예인을 따라서 자살한 사람도 있었던 기억이 났다. 그녀는 악플로 인한 우울증을 앓았다고 했다. 나는 붉은 뱀 머리 귀신을 찾아야 하는 막중한 임무를 망각하고 그 여자 뱀 귀신을 따라나섰다. 세상을 다 잃은 듯한 공허한 표정을 짓고 있는 여자에게 말을 붙이기 무서웠지만 용기를 냈다.

"저기요? 혹시 붉은 뱀 머리 귀신 못 봤어요?"

여자는 어이없다는 표정으로 나를 쳐다보더니 로열관으로 휙 들어가 버렸다. 본관 오른쪽에 있는 황금빛 로열관은 부자들의 봉안함이 있는 건물이었다. 퇴락해 가는 천사의 정원은 인기 연예인이 올 만한 납골당이 아닌데 이상했다. 어쩌면 남은 가족은 그녀가 세상에서 잊히기를 원했을 수도 있다는 생각이 들었다.

밤 12시, 귀신들이 돌아다니기 딱 좋은 시간이었다. 뱀 머리 귀신들은 다른 귀신들에게 왕따를 당해 다들 눈에 안 띄는 곳에 숨었는지도 몰랐다. 탐정도 아닌 내가 숨어 버린 귀신들을 어떻게 찾아낸단 말인가. 저승이 이런 줄 알았으면 절대 죽지 않았을 텐데. 나는 습관처럼 머리를 쥐어뜯으려다 멈칫했다. 머리에 뱀이 붙었다는 걸 까먹을 때가 많았다.

나는 한숨을 내쉬며 늙은 팽나무 쪽으로 걸어갔다. 늙은 팽나무만 보면 마음이 놓였다. 내게는 엄마 같은 나무였다. 팽나무 아래에는 방문객들이 쉬어 갈 수 있도록 화강암으로 만든 탁자가 놓여 있었다. 탁자는 초승달 모양인데 방문객에게 인기가 많았다. 탁자 주변에는 보름달처럼 둥근 화강암 의자 열 개가 놓여 있었다. 납골당을 방문하는 사람은 참배를 하고는 팽나무 아래 앉아서 쉬어 가곤 했다. 소풍 온 것처럼 음식을 나눠 먹으며 고인에 대한 추억을 나누면서 웃기도 하고 눈물을 훔치기도 했다. 혼자 온 방문객은 납골당에 울려 퍼지는 슬픈 이별 노래에 귀를 기울였다. 한참 산을 바라보거나 하늘을 올려다보며 눈물을 글썽이다가 돌아가곤 했다.

팽나무 아래 의자에 누군가 앉아 있었다. 긴 혓바닥을 날름거리는 붉은 뱀이 눈에 들어왔다. 두 눈이 번쩍 뜨였다. 내가 그렇게도 찾아다니던 붉은 뱀 머리 귀신이 아닌가? 첫 번째 보물, 아니 첫 번째 아이를 드디어 만난 것이다. 나는 입을 틀어막으며 속으로 기쁨의 함성을 질렀다. 덩실덩실 춤이라도 추고 싶었다.

내 또래로 보이는 남자아이의 얼굴은 공허해 보였다. 마치 황폐한 황무지 같았다. 살 낙이 없는 사람처럼 쓸쓸하고 우울해 보였다. 황무지 위에서 싱싱하게 살아 움직이는 것은 혀를 날름거리는 붉은 뱀 머리였다. 석유처럼 검고 진득한 분위기, 세상 모든 슬픔이란 슬픔이 다 농축된 표정. 무슨 생각을 그리하는지 내가 쳐다보는데 아이는 미동도 없이 앉아 있었다.

나와 눈이 마주친 아이는 눈이 휘둥그레졌다. 나를 뚫어져라 쳐다보던 아이는 벌떡 일어나 자리를 피했다. 걸음이 너무 빨라 놓칠 것 같아 마음이 급했다. 그 아이를 잡으려고 후다닥 뛰었다.

"잠깐만! 나 좀 봐."

나는 재빨리 뛰어가서 그 아이를 가로막았다.

"너 누구야? 어? 근데 넌 왜 뱀이 두 마리야?"

그 아이가 내 머리 위에 솟은 뱀을 가리키며 물었다.

"넌 왜 뱀이 한 마리야?"

만나자마자 서로 처음 내뱉은 말이 뱀이라니. 어이가 없었다. 이름도 모르는 사이인데 왜 넌 뱀이 한 마리야? 왜 두 마리야? 이런 말을 주고받다니 웃겨도 너무 웃겼다.

"흐흐, 우하하하! 아! 웃겨."

나는 배를 쥐고 웃었다. 내가 웃음을 못 참자 그 애는 황당하다는 눈빛으로 나를 빤히 쳐다보았다.

"뭐가 웃긴데? 너 진짜 이상한 애다. 다짜고짜 불러 세워 놓고 뭐 하는 짓이야? 나 왜 불렀어?"

"몰랐구나? 나 너 찾으러 다녔지."

"나를 찾으러 다녔다고? 왜?"

그 아이의 눈이 휘둥그레졌다.

"뭐긴? 이 뱀 때문에 그러지. 너 최녹사님 알지?"

아이가 고개를 끄덕였다.

"최녹사님이 그러는데, 뱀은 자살자의 표시래. 이 뱀을 떼려면 뱀이 붙은 아이를 다 만나서 저승에 오게 된 사연을 들어야 한대. 너도 뱀을 떼고 싶을 거 아냐?"

같은 뱀 머리 귀신이니까 나를 불쌍하게 여겨 줄지도 몰랐다. 같은 병을 앓는 사람은 서로의 아픔을 알아보는 법이니까.

"그야 그렇지."

"뱀을 떼고 싶으면 나한테 네가 왜 여기 오게 되었는지 그 이야기를 털어놓으면 된대."

"내가 왜 너한테 그 이야기를 해야 하는데? 넌 내 친구도 아니잖아."

"그럼 오늘부터 친구 하자. 난 정수호라고 해. 고 2야. 넌?"

"어? 나랑 같네. 난 고현성."

"우와! 잘됐다. 우리 친구 먹자. 친구로서 부탁 좀 하자. 우리 일단 이 뱀부터 떼자. 응? 나, 진짜 죽겠어."

나는 두 손으로 싹싹 빌었다. 입을 꾹 다물고 있던 현성이 피식 웃었다.

"죽었는데 죽겠다니? 진짜 볼수록 웃기는 애네. 알았어. 이 잘생긴 얼굴에 끔찍한 뱀이라니, 진짜 미치겠더라니까. 넌 두 마리라서 더 힘들었겠네."

자기 입으로 자기가 잘생겼다고 말하는 게 최녹사만큼이나 왕재수이긴 했지만 아닌 게 아니라 인정할 수밖에 없었다. 얼굴 천재 고현성은 고급스럽게 잘생긴 아이였다. 모든 걸 다 가진 듯한 아이가 대체 왜 자살을 했을까.

나는 현성이와 초승달 모양 탁자 앞에 마주 보고 앉았다. 하늘에 뜬 반달이 우리를 내려다보았다. 커다란 은빛 귀 모양처럼 보이는 반달이 현성의 이야기에 귀를 기울이는 듯했다.

현성의 이야기
완벽한 아이

 너, 혹시 그 뉴스 알아? 일본에서 있었던 일이야. 의대에 진학하라는 엄마의 강요로 9년간 재수를 한 여자가 있었어. 그녀는 간호사가 된 후에도 미련을 못 버린 엄마에게 일거수일투족을 감시당하고 늘 잔소리와 비난에 시달렸지. 엄마를 잔인하게 살해한 뒤, 그녀는 괴물을 죽였다고, 이걸로 안심이라고 말했어.
 만약 내가 살아 있었다면 어땠을까. 그 여자에게 일어난 일이 내게도 일어나지 말란 법이 있을까. 수갑을 차고 고개를 푹 숙인 내가 뉴스에 나오는 일이.
 난 내 생일에 자살했어. 내가 태어난 날이 내가 죽은 날이야. 가장 행복해야 하는 생일에 나는 죽었어.
 엄마는 친척들 모임에만 가면 완벽한 아들을 자랑하기 바빴어. 외할머니 칠순 잔치에 온 가족이 모여 식사를 하던 날도 그랬지. 식당에는 즐거운 음악 소리와 사람들의 웃음소리, 맛있는 음식 냄새가 가득 차 있었어.

"우리 현성이 이번에도 전교 1등 했잖아. 그것도 명문 자사고에서 말이지."

엄마는 다 들으란 듯 목소리에 한껏 힘을 주고 말했어. 외할머니가 주인공인 날인데 나는 불에 덴 듯 낯이 뜨거웠어. 엄마는 마치 명품 가방을 자랑하듯 장소를 안 가리고 아들 자랑을 하는 게 취미였어.

"와! 역시 현성이는 대단해."

"현성이 멋지네. 대체 못 하는 게 뭐야?"

"잘생겼지, 공부도 잘하지. 진짜 언니는 좋겠다."

이모들이 저마다 한마디씩 했어. 엄마는 시상식 무대에서 박수를 받는 연예인처럼 미소를 지었지. 큰이모가 나를 부러운 표정으로 쳐다보았어. 이모의 표정은 웃어도 우는 것 같았어. 3년 전 교통사고로 아들을 잃은 이모 앞에서 아들 자랑을 굳이 할 필요가 있을까. 마음 아픈 일을 겪은 사람 앞에서 자랑질을 하는 건 폭력이야. 쥐구멍에라도 숨고 싶었어.

내 겉모습만 보고 사람들은 나를 완벽한 아이라고 불렀어. 집도 부자였고, 어릴 때부터 영재 소리도 들었으니까. 피아노와 바이올린 연주도 어느 정도는 할 줄 알아. 나보고 아이돌 닮았다고 하는 사람도 많았어. 재수 없다고 해도 부정할 수 없는 팩트니까. 친구들은 내가 금수저라고 부러워했어. 아버지가 돈 잘 버는 성형외과 의사였거든. 내가 완벽한 아이란 소리를 듣게 된 건 극성스러운 엄마 때문이었지.

엄마는 아빠가 운영하는 성형외과 간호사로 일했어. 집안 형편은 그리 좋지 않았지만 얼굴이 예쁜 엄마는 어디서나 한눈에 띄었어. 어릴 때부터 미스 코리아 나가란 말을 많이 들었대. 아빠는 엄마의 미모에 끌려 결혼하자고 했나 봐. 성형외과 의사에게 아름다운 아내는 가장 강력한 홍보 수단이기도 하니까.

엄마는 할머니의 결혼 반대 때문인지 나를 남보란 듯 완벽한 아이로 키우고 싶어 했어. 결혼하고 5년 동안 아이가 생기지 않아 시험관 시술로 나를 어렵게 가졌지. 엄마는 나를 완벽하게 키우는 데 모든 걸 다 걸었어. 능력 있는 간호사로 인정받았던 엄마는 나를 키우는 데 자신의 모든 능력을 다 쏟았어. 엄마는 내가 엄마 뱃속에 있을 때부터 아기에게 좋다는 건 뭐든 다 했어. 몸에 좋은 음식을 먹고 클래식 음악을 듣고, 육아 서적과 교양서적을 읽었대. 임신 기간에는 잘생긴 배우 얼굴을 냉장고에 붙여놓았을 정도였지.

엄마 마음에 드는 완벽한 아이가 되려면 무조건 다른 애들보다 앞서 나가야 했어. 나는 네 살부터 바이올린, 피아노, 수영, 스케이트를 배워야 했어. 다섯 살 때부터는 전국에서 가장 유명한 영어 유치원을 다녔어. 밤새 줄을 서야 들어갈까 말까인 인기 유치원이었지. 유치원 때부터 영재 교육을 받았어. 초등학교에 들어가자마자 수학경시대회도 자주 나갔지. 학원에서 내 태도가 불량하다거나 1등을 놓치면 30센티미터 자로 손바닥이나 종아리를 맞았어. 엄마는 내가 늘 남들보다 조금이라도 뒤처지는 것을 극도로 싫어했지.

엄마는 경쟁심과 질투심이 강했어. 내가 사촌인 건우보다 뭐든지 나아야 만족했어. 건우는 엄마가 라이벌로 생각한 고모의 아들이었는데 나랑 나이가 같아서 친척들 모임에서 만나면 친하게 놀았어. 고모는 잘나가는 변호사였지. 전업주부인 엄마는 고모까지 질투할 정도였어.

"건우는 이번에도 반장으로 뽑혔어."

엄마가 자꾸 건우랑 비교하니 건우가 싫어졌어. 건우를 싫어하게 된 내가 더 싫었어.

"현성이 넌 왜 욕심이 없어? 너도 다음엔 반장 나가 봐."

"난 반장 하기 싫어. 그런 걸 왜 해?"

엄마는 내가 무얼 좋아하는지, 싫어하는지 관심이 없었어. 나는 그림 그리기를 가장 좋아했어. 하얀 도화지에 그림을 그리고 있으면 온 세상이 내 것 같고 마냥 자유로웠어. 내 꿈은 화가였지만 의사가 되라는 엄마 앞에선 내 꿈을 숨겨야 했어. 엄마는 학교에서 친구들과 잘 놀았는지, 내 기분이 어떤지, 무슨 고민이 있는지 관심이 없었어.

"고현성! 왜 넌 욕심이 없니? 2학기엔 반장 꼭 나가! 알았지?"

남들 앞에 나서는 것이 싫었는데 엄마에게 그런 내 마음은 중요하지 않았어. 나는 엄마의 등쌀에 못 이겨 2학기 때 억지로 반장 선거에 나갔어. 친한 친구도 없는데 엄마가 반 아이들을 집에 초대했어. 피자 파티를 하고 비싼 학용품 선물을 돌린 덕분에 반장이 되었지.

　내가 반장이 되니까 엄마는 치맛바람을 맹렬히 일으키며 학교 일에 나섰어. 남편이 의사라고 하면 다들 우러러 보니까 엄마들 모임에 부지런히 나갔어. 어디서나 눈에 띄는 엄마는 드라마에 나오는 교양 있는 부잣집 사모님이나 귀부인 같았어. 엄마는 학부모회 회장까지 했지.

　할머니의 반대에도 아빠와 결혼을 했으니 엄마는 늘 불안한 모양이었어. 나를 의사로 만들어야 집안의 인정을 받을 수 있다고 믿었나 봐. 나에게 별다른 애정 표현을 안 하는 아빠도 내가 1등을 하면 흐뭇한 얼굴이었어. 나는 공부 이외의 것으로 칭찬을 받아 본 적이 없어. 책상 앞에 붙어 앉아 공부를 열심히 하는 모습을 보여 주어야만 엄마는 만족했지. 엄마는 내가 초등학생인데도 입시 설명회에 쫓아다닐 정도였어.

　나는 공부 기계였어. 놀이터나 운동장에서 친구들과 숨차게 뛰어논 적이 없었어. 초등학생 때부터 숨 쉴 틈도 없이 학원을 쫓아다녔어. 영어 학원 두 군데, 수학 학원 두 군데, 독서논술 학원, 국어 학원, 과학 학원, 교육청 영재원과 사설 영재 학원도 다녔어. 바이올린 레슨도 받았지. 주말에는 과외를 받았는데 마치 고3 학생들처럼 공부해야 했어. 내 앞으로 들어가는 학원비만 해도 한 달에 몇백만 원이었지. 그 정도는 우리 집에서 껌값이었어. 성형외과 의사인 아빠가 한 달에 버는 돈만 1억 원이라는 소리를 들은 적이 있었거든.

명문 학군에 있는 중학교 입학식 날 나는 전교생 앞에서 선서를 했어. 엄마가 사 온 배치 고사 문제집 다섯 권을 토 나올 정도로 많이 푼 결과였지. 엄마는 학부모들 앞에서 한껏 목에 힘을 주고 있었어. 배우 같은 외모에 명품으로 휘감은 엄마는 그날의 주인공 같았어. 입학식을 마치고 유명 호텔 뷔페에 밥을 먹으러 갔지.

"앞으로 전교 1등 절대 놓치면 안 돼!"

엄마는 쉴 새 없이 공부 이야기와 학원 이야기를 했어. 나는 밥이 입으로 들어가는지 코로 들어가는지 몰랐어. 그날 심하게 배탈이 나서 고생을 했어.

전교 1등을 해도 크게 성취감도 보람도 느끼지 못했어. 엄마는 더 잘하라고만 했어. 상을 타 와도 칭찬을 받아 본 적이 없었지. 시험을 치고 집에 가면 수고했다, 힘들었지? 이런 소리는 한 번도 하지 않았어.

"다른 애들도 백 점 많이 맞았지? 백 점이 많은 걸 보니 시험이 엄청 쉬웠네? 다음에도 전교 1등 해. 알았지?"

엄마는 전교 1등이나 만점이 아니면 성에 안 차는 사람이었어. 평균 98점을 맞아 왔을 땐, 무표정에다 실망한 얼굴로 나를 쳐다보는데, 무슨 대역죄인이 된 기분이었어.
　"넌 꼭 의사가 돼야 해. 공부만 잘하면 편하게 살 수 있어, 의대 가려면 더 열심히 해야 해."
　엄마는 귀에 딱지가 앉도록 더 노력하라고 노래를 불렀어. 난 의대란 말만 들어도 두드러기가 날 것 같았어.
　점수가 아니라 있는 그대로, 내 존재 자체로만 인정받고 싶었어. 엄마의 따뜻한 미소, 따스한 말 한마디를 원하는데 전교 1등 아니면 사람 취급을 안 했어. 엄마는 툭하면 이렇게 공부해서는 의대 못 간다는 잔소리를 늘어놓았어. 내가 밥 먹다 뉴스에 관심을 보이거나 연예인 이야기를 하면 넌 학생이 뭐 그딴 데 신경을 왜 쓰니? 공부나 신경 써. 이렇게 면박을 주기 일쑤였지. 이거 해라 저거 해라, 늘 명령조로 말하고. 이 학원이 좋다더라, 저 학원이 좋다더라. 의대만 가면 돼. 우리 아들 사랑하는 거 알지? 이게 다 너를 위해서야. 나는 귀를 틀어막고 싶었어.
　이 아까운 청소년 시절을 네모난 상자 같은 공부 감옥에 갇혀 살고 싶지 않았어. 그 감옥에 갇힌 죄수를 24시간 감시하는 간수는 바로 엄마였지. 아들에게 돈으로 투자를 해 준다고, 그게 아들을 사랑하는 거라 믿는 엄마. 그런 게 부모의 사랑이라면 나는 그런 사랑 따위 받고 싶지 않았어. 하루하루가 숨이 막혔어. 나는 사람이잖아. 엄마의 인형도 아니고 장식품도 아니고 숨 막히는 공부 감옥에 갇혀 살아야 하는 죄수도 아니잖아.

엄마는 눈만 뜨면 잠잘 때까지 공부, 밥 먹을 때도 공부, 공부 소리가 입에 붙어 있었지. 친구보다 공부가 백배 천배 더 중요하다고 했어. 친구랑 어울려 본 적이 없다 보니 내 성격은 얼음처럼 차가웠어. 누가 먼저 다가와도 거리를 두면서 잘 웃지도 않았어. 친구가 고민을 이야기해도 지겹다며 그게 뭐가 고민이냐고 쏘아붙이고 차갑고 냉정하게 대했어. 한마디로 재수 없는 놈이었지.

그런 내게 한 여자애가 다가왔어. 내가 재수 없다고 소문이 났는데도 그 애는 환한 미소를 지었어. 나도 모르게 그 눈부신 모습에 끌렸어. 칠흑 같은 어둠 속에서 한 줄기 빛을 본 느낌이었지. 그 애랑 자연스럽게 친해져 톡을 자주 주고받았어.

"고현성! 핸드폰 그만하랬지?"

그 애에게서 연락이 와 카톡을 들여다보다 엄마에게 들켰어. 나는 놀라서 핸드폰을 뒤로 감추었어. 엄마가 핸드폰을 홱 낚아챘어. 그 애와 나눈 카톡을 본 엄마의 얼굴이 무섭게 변했어.

"너 오늘부터 폰 압수야!"

엄마는 그 애 때문에 공부를 멀리할까 봐 핸드폰을 압수했어. 다시 핸드폰을 구하는 것은 식은 죽 먹기였지. 공폰을 구하거나 친구에게 매달 돈을 얼마 주고는 빌려 쓰면 되니까. 엄마는 의대

갈 때까지 여친 사귀면 가만 안 놔둔다고 엄포를 놓았어.

 엄마를 속이면서 그 애를 몰래 만났어. 학원 수업을 땡땡이치고 그 애와 맥도날드에서 햄버거를 먹고 있을 때였어. 엄마는 다짜고짜 가게로 들어오더니 그 애 앞에서 내 뺨을 후려쳤어. 너무 놀라서 심장이 멎는 것 같았어. 눈이 튀어나올 듯 커다래진 그 애의 놀란 눈동자가 지금도 생각나. 매장 안의 사람들이 놀라서 쳐다보았어. 햄버거를 입에 문 채, 콜라를 빨다들이다가 다들 얼어붙은 표정이었지.

 어두운 건물 계단에 주저앉아 머리를 쥐어뜯으며 처음으로 가출할까 고민했어. 아무리 엄마지만 내 영혼을 짓밟을 권리는 없는 거잖아. 시끄러운 욕설과 울음소리가 들렸어. 어두운 골목 안에서 일진에게 붙잡혀 맞는 아이들이 보였어. 가출한 경험도 없고 겁이 나서 밤 열두 시가 넘어 집에 들어갔어. 집으로 돌아가니 엄마가 잔뜩 벼르고 있었어. 엄마에게서 얼음이 뚝뚝 떨어지는 것 같았어.

 "죄송해요. 잘못했어요."

 자식을 사람으로 안 보고 공부 기계로 보는 엄마 앞에서 무릎을 꿇었어.

 "당장 나가! 너 같은 새끼는 필요 없어."

 "엄마, 다시는 안 그럴게요. 잘못했어요."

 한 번이라도 엄마에게 반항하고 소리를 맘껏 질러 보고 싶었지만 대들 힘이 없었어. 태어나면서부터 학습된 무기력이랄까.

엄마 때문에 그 애와 헤어지고 난 뒤부터 누군가와 친구가 된다는 게 겁이 났어. 사람을 만나고, 사귀고, 헤어지고 이런 과정이 다 무서웠어. 내게 진심으로 다가오려는 친구도 밀어냈어.

나는 다시 공부 로봇이 되었어. 엄마가 너무 미운데도 불쌍하다는 생각이 들었어. 아빠의 외도 때문에 엄마는 아빠와 자주 싸웠거든. 강남에서 잘나가는 성형외과 의사인 아빠는 유명 연예인이나 모델들과 바람을 피웠지. 엄마는 아빠와 이혼도 하지 못하고 쇼윈도 부부로 살았어.

"이 엄마한테는 현성이 너밖에 없어."

엄마가 슬픈 얼굴로 말할 때마다 고문을 당하는 기분이 들었어. 죽을 때까지 빚을 갚아야 하는 빚쟁이가 된 것만 같았지. 엄마는 나를 의사로 만들어서 아빠의 병원을 물려받게 할 작정이었어. 남편에다 아들까지도 황금알을 낳는 거위로 만들 목표로 사는 것 같았어. 엄마는 정신과에서 한 달에 두 번 상담 받는 걸로 겨우 견디고 있었어.

엄마는 시험 때만 되면 나를 잠도 안 재우고 감시했어. 공부하는 내 뒤에서 감시하며 앉아 있었어. 조금이라도 게으름을 피우거나 조는 눈치가 보이면 불호령을 내리고 등짝을 손바닥이나 플라스틱 자로 세게 때렸어. 나는 시험 기간이면 코피를 쏟아 가며 공부했어.

"이게 다 너를 위해서야. 엄마가 너 얼마나 사랑하는지 알지?"

엄마가 입에 달고 사는 사랑이 뭘까. 사랑이라는 그 말이 피가 뚝뚝 흐르는 칼처럼 무서웠어. 엄마의 사랑이 칼이 되어 나를 찌를 것만 같았어.

나는 알고 있었어. 나를 위해서가 아니라 엄마를 위해서란걸. 엄마가 불안하기 때문에 날 감시한다는걸.

공부가 재미있었던 순간이 한 번도 없었어. 죄수를 감시하는 간수처럼 24시간 감시를 하는 엄마 때문에 공부 의욕이 떨어졌어. 자사고 못 가면 엄마는 내 방에 CCTV를 달 거라고 했어. 엄마의 감시와 통제에서 벗어나는 길은 기숙사 있는 학교로 가는 길밖에 없었지. 마음을 다잡고 억지로 공부했어. 자사고에 들어가면 기숙사가 있기 때문에 엄마의 감시에서 벗어날 수 있었지. 목표라는 게 생기면 지옥도 견뎌 낼 수 있잖아.

나는 자사고에 쉽게 합격했어. 의대를 가장 많이 보내는 학교 중의 하나라고 소문난 명문 자사고였어. 내신드 좋고 고액 자소서 컨설팅을 받은 덕분이었지. 엄마의 감시에서 벗어난 고등학교 기숙사 생활은 내게 숨통을 틔워 주었어. 그 때문일까. 나는 한 여자아이를 자주 쳐다보았어. 중학교 때 좋아했던 첫사랑 여자 친구와 닮은 애가 내 시선을 자꾸만 끌어당겼어. 강수린, 그 애를 쳐다보느라 수업 내용을 놓치기도 했지. 아무리 정신을 차리려고 해도 그 애에게로 가는 마음을 멈출 수가 없었어. 그 애를 생각하는 것만으로도 딱딱하던 심장이 몽글몽글 녹고 뭔가 간지러운 느낌이 들었어.

급식시간에 점심을 먹고 있는데 누가 내 앞에 식판을 내려놓았어. 맞은편에 앉은 그 애를 보자마자 심장이 쿵 내려앉았어. 그 애는 밥 먹는 내내 나를 빤히 쳐다보았어. 얼굴이 화끈 달아올랐어.

"고현성! 넌 진짜 넘사벽이야. 우리 학교에서 전교 1등이라니 이게 말이 돼? 우등생들만 모인 학굔데?"

그 애가 눈을 동그랗게 뜨고 나를 빤히 쳐다보는데 귀밑이 뜨거웠어. 심장이 쿵쾅거려 정신을 차릴 수가 없었어. 시선을 피하며 소고기미역국만 부지런히 떠먹었어. 미역국 맛도 느껴지지 않았지.

"난 이번에 수학을 망쳤어. 나한테 수학 좀 가르쳐 줄래? 내가 떡볶이 살게."

심장이 입 밖으로 튀어나올 듯 두근거렸어. 대답도 안 하고 묵묵히 밥만 먹는데도 그 애는 쉴 새 없이 종알거렸어. 그 순간에도 식당 어디선가 엄마가 나를 감시하고 있는 것만 같았어. 밥을 먹는 둥 마는 둥 하고 자리에서 일어섰어.

어디를 가든 그 애만 보였어. 그 애를 생각하는 것만으로도 가슴이 뛰고 얼굴이 달아올랐어. 그 애의 목소리, 웃음소리, 환한 미소가 주변의 공기마저 바꾸어 놓은 건지 그 애가 있는 공간은 그곳이 어디든 눈이 부셨어. 교실에서 그 애를 마주치면 심장이 몸 밖으로 튀어나올 것 같았어.

수린이와 조금씩 가까워졌어. 흑백의 세상이 제 색깔을 찾는 것처럼 환해 보였어. 그 애에게 정신이 팔려 있었기 때문이었을까. 기말고사를 쳤는데 반 1등은 유지했지만 전교 10등으로 떨어졌어. 수린이는 자사고에서 10등이라면 너무 잘한 거라고 나를 위로했어.

아니나 다를까. 성적표를 본 엄마는 닥치는 대로 물건을 집어 던지며 소리를 질렀어.

"이 새끼야! 이것도 성적이라고 받았어? 나가 죽어!"

"그래 죽을게. 내가 죽는 게 엄마 소원이라면 죽어 줄게!"

나가 죽으라는 말에 처음으로 엄마에게 대들었어.

"그래. 죽어! 이 새끼야! 죽으려면 전교 1등 하고 죽어."

죽으려면 전교 1등 하고 죽으라니! 세상에 이런 사람이 내 엄마라니! 몽둥이로 뒤통수를 맞은 것처럼 멍했어. 내 오른손이 몸에서 분리된 것처럼 멋대로 움직이려고 했어. 자칫 잘못하면 엄마를 칠 것 같았어. 왼손으로 오른손을 겨우 눌렀어. 나는 땀을 뻘뻘 흘리며 억지로 참아 냈어.

화가 난 엄마는 골프채까지 휘둘렀어. 엉덩이가 시퍼렇게 멍이 들어 의자에 앉기조차 힘들었어. 아들보다 전교 1등이 더 소중한 엄마니까, 전교 1등 성적표가 나온 날 자살을 해 버리면 엄마는 어떤 심정일까. 성적에 미친 엄마에게 복수하고 싶은 기분이었어.

　스트레스 때문인지 성적은 아무리 해도 오르지 않았어. 완벽한 아이들 속에서 더 완벽하기란 쉽지 않았어. 중학교에서 전교 1등만 하던 애들이 모인 학교라 그런지 아이들은 하나같이 공부 괴물이었거든. 엄마는 늘 노력하라고 다그쳤어. 노력하면 성공할 수 있다고, 노력이 마치 도깨비방망이나 요술봉인 것처럼 다 된다고 말했어. 노력이란 말이 마치 죽어라 달리는 말을 내리치는 채찍 같았어.

　노력이란 게 대체 뭘까. 뭘 위해 노력하라는 것일까. 나를 의사로 만드는 건 엄마의 꿈이지, 내 꿈은 절대 아니야. 엄마의 꿈을 위해, 엄마의 목표를 위해 노력하라는 말이었어. 내 목표도 아닌 걸 위해 노력하라는 건 폭력이야. 얼마만큼 노력해야 하는지, 무엇을 위해 노력해야 하는지도 모르면서 노력하는 건, 목표도 없이 망망대해를 떠돌라는 것과 마찬가지야. 언제 난파당할지도 모르는 거잖아? 엄마는 이 모든 게 나를 위해서라고 했어. 내가 원하는 게 아닌데도 이게 진짜 나를 위한 것일까.

　방학이 되었지만 쉴 수가 없었어. 엄마는 아침부터 한밤중까지 스케줄을 **빽빽하게** 짜 놓고 연예인 매니저처럼 나를 관리했어. 주말에도 쉬지 못하고 엄마 차에서 샌드위치나 김밥이나 영양제를 먹고 학원에 왔다 갔다 했어. 나는 말 잘 듣는 엄마의 로봇이었어.

 엄마의 혀를 차는 소리, 못 미더운 시선, 한숨 소리에 온 세상이 무너지는 듯한 기분이 들었어. 엄마의 한숨 소리를 들으면 내가 세상에서 제일 못난 인간처럼 느껴졌어. 노력해도 안 될 것처럼 불안하고 자신이 없어졌어.

 "이따위로 할 거면 기숙사 나와!"

 "엄마! 꼭 성적 올릴게요. 한 번만 더 기회를 주세요."

 나는 애원했어. 평소에 안 쓰던 높임말까지 쓸 정도로 매달렸어.

 "성적 더 떨어지면 일반고로 전학시킬 거야. 방에 CCTV도 달 거니까 알아서 해."

 상상만 해도 숨이 막혔어. 불만과 실망이 실린 엄마의 한숨이 집채만 한 바윗돌처럼 나를 누르는 것 같았어. 엄마의 눈빛, 표정은 물론이고 목소리도 듣기 싫었어. 엄마의 감시 아래 공부할 자신이 없었어.

 학교에서 수린이가 다가오기만 하면 무조건 피했어. 하지만 그 아이 생각을 지울 수가 없었지. 공부하다가 정신을 차려 보면 그 아이의 이름이 노트에 빼곡하게 적혀 있었어. 그 애가 다가오려는 눈치가 보이면 밀어냈어. 심지어 욕까지 하며 꺼지라고 했어. 재수 없다고 해도 그 애는 내게 미소를 보냈어. 심장이 푹 파여 나가는 것 같았어.

나는 기숙사 옥상 난간에서 아래를 내려다보았어. 확 뛰어내릴까? 3층이라 죽지도 않겠구나, 이런 생각을 하면서 아래를 내려다보았지. 아들보다 전교 1등이 중요한 엄마에게 복수하는 일은 바로 내가 사라지는 것이었어. 엄마의 손길을 벗어나는 길은 죽음밖에 없다고 생각했어.

갑자기 인터넷에서 본 오래전 뉴스가 떠올랐어. 전교 1등을 하던 어느 명문 자사고 학생이 자살했다는 기사였지. 제 머리가 심장을 갉아 먹는데 이제 더 이상 못 버티겠어요. 안녕히 계세요. 죄송해요. 그 학생은 엄마에게 카톡으로 그렇게 유서를 보내고 3분 뒤, 20층 아파트 옥상에서 뛰어내렸어. 옷과 신발, 핸드폰을 가지런히 놓아둔 채.

우리 학교에도 자기 집 베란다에서 뛰어내린 아이가 있었지. 인문계에서 전교 1등을 도맡아 하던 아이였는데 전교 5등으로 떨어졌다는 이유였지. 형사들이 출동하고 학교는 한동안 벌집을 쑤신 듯했어. 그 아이의 책상에 국화꽃 한 송이도 놓이지 못했어. 면학 분위기를 헤친다는 이유 때문에.

어쩌면 그 아이도 나처럼 성적이 떨어지면 몰아세우는 그런 엄마가 있었던 건 아닐까. 나도 할 수만 있다면 자살을 해서라도 엄마에게 씻을 수 없는 상처를 주고 싶었어. 가슴을 쥐어뜯으며 후회하게 만들고 싶었어.

그리스 로마 신화에 나오는 악당 프로크루스테스 이야기 알지? 집에 손님이 오면 침대에 눕혀 그 크기에 맞게 몸을 잘라 내거나, 침대보다 작으면 몸을 잡아 늘려서 잔인하게 죽이는 괴물이야. 프로크루스테스는 영웅 테세우스에게 자신이 다른 사람들을 죽였던 방식으로 죽게 돼. 우리나라의 학교도 학부모들도 프로크루스테스인지도 몰라. 그의 침대에 눕혀진 아이들은 개성과 자유를 꿈꾸어선 안 돼. 그랬다간 바로 다리가 잘리고 머리가 잘려 나가니까. 자신의 손으로 자기가 낳은 아이를 프로크루스테스의 침대에 구겨 넣어 죽이는 부모가 있어. 아이의 성적에 인생을 건 엄마, 바로 우리 엄마 같은 사람들이지.

내가 죽으면 누가 슬퍼해 줄까, 그런 생각을 하다 문득 뒤를 돌아보았어. 심장이 멎는 것 같았어. 옥상 문 앞에 선 수린이가 슬픈 눈으로 나를 쳐다보고 있었어. 기도하듯 두 손을 깍지 끼고 걱정하는 눈빛으로 나를 보고 있었어.

"현성아! 제발! 나를 좀 봐!"

아! 나를 걱정해 주는 단 한 사람이 있구나. 나는 무엇에 사로잡힌 것처럼 그 애에게 달려갔어. 가슴이 터질 것 같았어. 그 애를 와락 껴안았어. 불가항력적인 일이었지. 이쪽 세계에서 다른 세계로 건너간 것만 같았어.

그 애와 함께 있는 시간만이 살아 있는 순간이었어. 늘 화가 나 있고 심각한 표정을 짓던 내 얼굴에 웃음이 피어났어. 살짝 곁눈질하며 콧등을 찡그리며 웃던 수린이의 표정, 내가 무슨 말만 하면 감탄하며 손뼉을 치던 모습, 수린이의 웃음소리를 들으면 행복했어. 늘 죽고 싶었는데 그 애 때문에 살고 싶다는 생각이 들었어. 그냥 아무 말 안 하고 나란히 앉아 있기만 해도, 그 애 생각만 해도 웃음이 났어.

우리는 눈만 마주쳐도 웃었어. 학교 기숙사 독서실에서 같이 공부하고 같이 밥을 먹었지. 기숙사 밖에 나가 떡볶이와 라면, 김밥과 아이스크림을 사 먹으며 시간을 보냈어. 늘 심각하던 내 얼굴에 웃음이 떠나지 않았어.

주말에 집에 가면 공부하는 척했어. 엄마는 밤늦도록 공부하는 나를 보고 흐뭇해했지. 내 마음속에서 또 다른 내가 나를 겁쟁이라고 욕을 했어. 엄만 널 그냥 공부 기계, 돈 버는 기계로 만들려고 그러는 거야. 엄마는 끝을 몰라. 반 1등을 하면 전교 1등 해라, 전교 1등 하면 전국 1등 하라고 할 사람이야. 세상에 완벽한 아이는 없어. 이 바보야. 일찌감치 엄마가 기대하지 않게 만드는 게 최선이야. 자유를 누려. 이젠 멈춰. 나는 마음속 목소리가 시키는 대로 자유롭게 살고 싶었어. 단 하루만이라도.

시험 성적표가 나왔는데 나는 반에서 5등, 전교 30등으로 밀려났어. 성적표를 조작할까, 그런 생각까지 했어. 엄마가 이 성적표를 본 다음 벌어질 일이 무서워 미칠 것 같았어. 주말에 집에 가기 싫었어. 엄마에겐 어떠한 거짓말이나 변명도 통하지 않으니까. 나는 지옥에 끌려가는 기분으로 집에 갔어. 대문 앞에서 고개를 축 늘어뜨리고 들어갈까 말까 망설였어. 도살장으로 끌려 들어가는 소처럼 집으로 들어갔지.

"성적표 내놔."

엄마는 문 앞에 팔짱을 끼고 서 있더니, 대뜸 성적표부터 내놓으라고 다그쳤어. 돈 갚으라는 빚쟁이 말투처럼 들려 짜증이 확 치밀었어.

"내가 무슨 공부 기계야? 로봇이야?"

"그럼 학생이 공부 기계지, 돈 버는 기계냐? 성적표 당장 내놔!"

"난 사람이야! 사람이라고!"

성적표를 내던지고 방으로 들어가서 문을 잠가 버렸지. 엄마가 문밖에서 악을 쓰는 소리가 들렸어. 탁한 물속에 잠긴 것처럼 숨이 쉬어지지 않았어. 엄마가 문을 쾅쾅 두드렸어.

"야! 너 이 새끼! 이 문 안 열어! 이걸 성적이라고 받아 왔어? 너 내가 뭐라고 말했어? 일반고로 전학시킨다고 했어? 안 했어? 문 안 열어? 죽을래?"

나는 귀를 틀어막고 소리를 마구 질렀어. 그날 밤 나는 엄마에게 엉덩이에 피가 맺히도록 골프채로 맞았어.

마음속 목소리가 내게 말했어. 넌 엄마의 장난감 인형이 아니야. 사람답게 살아. 공부 괴물이 되지 말고. 세상에는 공부보다 소중한 것이 더 많아. 누가 인생을 마음대로 틀어쥐고 조종하게 만들지 마. 네 인생의 주인공은 바로 너야. 소중한 걸 놓치지 마. 용기를 내! 나는 그 목소리를 놓치기 싫었어. 내겐 지켜야 할 소중한 것이 있었으니까.

나는 더 이상 엄마 눈치를 보지 않았어. 수린이와 영화도 보고 스터디 카페에서 만나 공부도 하고 카페에서 수다도 떨었어. 엄마는 성적이 떨어진 이유가 수린이 때문인 것을 알아냈어. 수린이 부모도 만나고 수린이까지 따로 만나서 헤어지라고 욕을 마구 퍼부어 댔어. 학교까지 찾아와서 소동을 피웠지. 나는 학교에서 낯을 들 수 없었어. 엄마는 제정신이 아니었어. 나는 자꾸 간섭하면 학교를 그만두겠다고, 집을 나가 버리겠다고 했어. 나를 좀 내버려 두라고 소리를 지르다 아빠에게 뺨을 맞은 적도 있었어.

그날은 내 생일이었어. 내 방에서 수린이와 카톡을 주고받고 있었어. 수린이에게 손 편지와 스와치 손목시계를 선물로 받았어. 마음에 꼭 드는 최고의 선물이었지. 내 생의 가장 행복한 날이었어. 손목에 찬 시계를 내려다보며 수린이와 함께할 시간에 대해 생각했어. 느리게 흘러가는 시간의 물결 위에 몸을 맡기고 편안하게 흔들리고 싶었어. 흩날리는 벚꽃 아래 수린이와 손을 잡고 느릿느릿 걸어가는 눈부신 시간이 보이는 듯했어. 수린이와 카톡을 주고받으며 웃고 있는데 방문이 갑자기 확 열렸어. 웃음기를 거둘 새도 없이.

"이리 내!"

도끼눈을 뜬 엄마가 내 핸드폰을 확 빼앗았어.

"아 씨, 왜 그래?"

나는 엄마가 낚아챈 핸드폰을 다시 빼앗았어. 그 순간 엄마가 내 뺨을 후려쳤어. 너무 놀라 엄마를 노려보았어.

"빨리 내놔! 야! 안 내놓을래? 그게 네 거야?"

"내 핸드폰이잖아. 내 건데 왜 엄마 마음대로 빼앗아?"

"그거 누가 사 줬어? 네 돈으로 뭐 한 가지라도 산 거 있음 말해 봐."

엄마의 그 말에 손에 힘이 스르르 풀리더니 핸드폰이 방바닥으로 툭 떨어졌어. 엄마는 핸드폰을 주워 들고는 수린이와 주고받은 카톡 내용을 빈정대는 말투로 소리 내 읽었어. 심장이 두 쪽으로 쩍 갈라지는 것 같았어. 활활 타오르는 장작불처럼 온몸이 분노로 타올랐어.

"그만해! 제발 그만하라고!"

"이 새끼가 정신이 있는 거야? 없는 거야? 이러니 성적이 자꾸 떨어지지. 나가 죽어! 너 같은 새끼는 필요 없어. 전교 1등도 못하는 주제에 무슨 연애야?"

엄마는 핸드폰을 내 방 창문 밖으로 냅다 집어 던졌어. 지나가는 사람이 맞을 수도 있는데 20층 창문 밖으로 던진 거야. 마치 엄마가 나를 내던진 것 같았어. 걷잡을 수 없는 분노가 용암처럼 터져 나왔어. 내 속에서 튀어나오는 악마의 손을 막을 수가 없었어. 눈이 뒤집혀 나는 엄마를 확 떠밀었어. 엄마가 책상 모서리에 머리를 쾅 부딪치며 쓰러졌어. 비명에 놀라 정신을 차려 보니 엄마의 머리에서 피가 흐르고 있었어. 심장이 멎는 것 같았어. 나는 내 손과 엄마를 번갈아 쳐다보았어.

"세상에! 이 미친 새끼! 내가 널 어떻게 키웠는데! 네가 인간이야?"

엄마는 악을 쓰며 닥치는 대로 물건을 집어 던지고 골프채까지 휘둘렀어. 집은 아수라장이 되었어. 골프채로 팔과 허리와 엉덩이를 맞으면서도 아픈 줄 몰랐지. 나는 뒷걸음질을 쳤어. 맨발이란 사실도 모르고 집 밖으로 뛰어나갔어. 엄마의 고함 소리와 울음소리가 나를 따라왔어. 깨진 유리 조각을 밟았는지 발바닥이 칼에 베인 듯 아팠지만 정신없이 달렸어. 경찰차 사이렌 소리가 나를 뒤쫓고 있는 것만 같았어.

맨발로 상가 건물 계단을 뛰어 올라갔어. 내 뒤에 핏빛 발자국이 찍히는 줄도 몰랐어. 옥상 철문을 밀자 끼익 하고 열리는 소리가 들렸어. 지옥의 문이 열리는 느낌이었지. 수린이가 생일 선물로 준 시계를 풀어 바닥에 내려놓았어. 수린이와 함께한 순간들, 그 시간을 생각하니 심장이 쩍 갈라지는 듯했어. 나는 눈을 질끈 감고 고개를 마구 흔들었어.

바람이 불었어. 바람이 얼굴을 쓰다듬었어. 바람의 부드러운 손길이 내 몸 구석구석 스며들었어. 차갑게 느껴지던 도시의 불빛마저 아름다웠어. 처음으로 이 세상이 미치도록 아름답다는 생각이 들었어. 옥상 난간에서 거리를 내려다보았어. 마지막으로 보는 풍경이라 그런지 더 애틋하고 마음이 아팠어. 친구들과 마음 놓고 여행 갔던 적이 있었나. 친구들과 숨 가쁘게 운동을 하거나 놀아 본 적이 있었나. 하늘을 올려다본 적이 있었나.

하늘에는 별이 반짝이고 있었어. 죽기 직전에 본 밤하늘만큼 슬프고 아름다운 하늘이 있을까. 벼랑 위에서 돌을 던지듯 내 목숨을 던지려는 순간에 본 세상. 죽기 직전에 본 세상만큼 아름다운 세상이 있을까.

날개를 펼치듯이 양팔을 활짝 벌렸어. 나는 어둠의 바다 위를 자유롭게 날기 시작했어.

팽나무 아래서 기다릴게

 이야기를 마친 현성은 긴 한숨을 내쉬었다. 정신을 차려 보니 날이 밝아 있었다. 비를 맞고 있는데도 축축한 느낌이 전혀 없었다. 귀신이 된 몸은 비에 젖지 않는구나. 신기해서 손바닥을 펼쳐 보았지만 아무 느낌이 없었다.

 날이 새고 비가 내리고 있는데도 알아채지 못했다니! 누군가의 이야기를 이토록 집중해서 들은 것은 내 인생을 통틀어 처음이었다. 남의 말이라면 1분도 못 듣던 내가 아니었던가. 한 귀로 듣고 한 귀로 흘리는 게 내 특기였는데, 귀신이 되니 없던 듣기 능력이 생긴 것 같았다. 말 그대로 귀신같은 능력이 생긴 셈인가. 내가 아닌 다른 존재가 된 느낌, 마치 초능력이 생긴 것만 같았다.

 나도 모르게 손을 내밀어 현성의 팔을 두어 번 툭툭 쳤다. 마음 같아서는 현성을 안아 주고 싶었으나 사람이 안 하던 짓을 어떻게 하겠는가. 아니, 난 귀신이지. 현성은 담담한 얼굴이었다.

"너무 괴로웠지? 정말 많이 힘들었겠다."

내 입에서 이런 말이 나오다니, 위로는 내 사전에 없는 말이었다. 누군가 나 대신 하는 말 같아 어색하고 쑥스러웠다.

"고마워. 내 이야기 끝까지 들어 줘서."

내가 고마워해야 할 분위기 같은데 현성이 오히려 고맙다고 했다. 뭐라 답을 할지 몰라 헛기침을 했다.

"내가 죽으면 엄마도 슬퍼할 거라고, 미안해할 거라고 생각했어. 복수하고 싶었어. 평생 가슴을 쥐어뜯게 만들고 싶었는데…… 죽으면 모든 고통이 끝날 줄 알았어. 무대의 막이 닫히듯, 문을 닫듯이, 연기가 사라지듯, 마지막 다침표를 찍듯이 지옥같이 지긋지긋한 삶은 끝나는 줄로만 알았어. 죽으면 먼지나 연기처럼 완벽하게 사라지는 줄 알았어. 삭제 버튼을 누른 것처럼, 지우개로 지운 것처럼 모든 게 사라지는 줄 알았어. 그런데 죽어도 고통은 끝나지 않았어. 내 선택이 너무 후회돼. 이제 끝이니까, 절대 되돌릴 수 없으니까……. 후회코다 고통스러운 게 없어. 너무 힘들었는데…… 아무에게나 내 이야기를 털어놓고 싶었는데, 너한테 다 이야기하고 나니 후련해. 가슴속에 꽉 차 있던 검고 탁한 물을 다 흘려보낸 느낌이야. 너무 후련해. 고마워."

"내가 고맙지. 내가 뭐 했다고? 그냥 이야기 들어 준 거밖에 없잖아. 뭐. 암튼, 너 진짜 멋지다."

"뭐가?"

"그냥 그렇다고."

현성은 내 말에 피식 웃었다.

"진짜 죽고 싶은 사람이 있을까? 죽고 싶다는 건, 어쩌면 정말 간절히 살고 싶다는 게 아닐까? 난, 자살은 말이라는 생각이 들어."

"말? 타는 말?"

내가 말 타는 흉내를 내자 현성이 어이없다는 듯 웃었다.

"너무 무서워, 너무 괴로워, 너무 살고 싶어, 너무 억울해, 내 마음 좀 알아줘…… 하는 말이, 자살에 담긴 진짜 마음이 아닌가 싶어. 내 가슴속에 가득 찬 말들을 누군가에게 했더라면……."

죽지 않았을 텐데, 그 말일 것이다. 나는 고개를 끄덕였다. 현성은 후회 가득한 표정이었다. 최녹사가 왜 자살한 아이들의 이야기를 들어 보라고 했는지 조금은 알 것 같았다. 최녹사도 자살은 마지막으로 선택한 대화의 수단이라고 하지 않았던가.

게임 레벨을 한 단계 올린 기분이었다. 앞으로 세 명만 만나면 되는 것이다. 혼자 아이들을 찾는 것보다 현성이와 같이 다니면 식은 죽 먹기일 것 같았다.

"현성아, 이왕에 우리 이렇게 만났는데, 나랑 같이 다니면 어떨까?"

"같이 다니자고?"

"자살한 애들 세 명 더 찾아서 이야기 들어야 해. 핸드폰도 없고 놀거리도 없잖아? 게임이라고 생각하면 재미있을 거 같지 않냐? 뱀 머리 애들 찾기 게임?"

"게임? 오! 대박! 그러지 뭐. 혼자 있는 거보다 훨 낫지. 안 그래도 혼자라 많이 외로웠어."

"우와! 현성이 너 진짜 뭐든 시원시원하네. 진짜 너 멋진 애야."

"수호 네가 더 멋져. 나 같은 놈이랑 친구 해 줘서."

현성이 엄지척을 했다. 친구라는 말에 마음이 뭉클했다. 저승에서 이렇게 멋진 친구가 생기다니. 살아 있을 때 이런 친구 하나 있었다면 얼마나 좋았을까.

전망대 쪽에서 산까치 우는 소리가 들렸다. 나는 비가 그친 하늘을 올려다보았다. 날짜를 헤아려 보니 앞으로 보름달이 뜨기까지 7일이 남았다. 현성이 옆에 있으니 어느 때보다 든든했다. 아직 시간은 충분했다.

"나, 그저께 뱀 머리 여자애를 본 적이 있어.'

현성이 말했다. 귀가 번쩍 띄는 소리였다.

"뭐? 진짜? 진작 말해 주지. 어디서?"

"귀신들이 나만 보면 난리길래 피해서 숨을 곳을 찾았어. 본관 뒤에 어른 키만 한 검은 바위가 있는 거야. 숨으려고 바위 쪽으로 갔거든. 근데 머리에 붉은 뱀이 달린 한 여자애가 바위 뒤에 앉아 있었어. 고개를 푹 숙이고 손가락으로 바닥에 낙서하고 있더라고. 말 걸어 볼까 하다 그냥 자리를 피했지."

"와! 만세!"

내가 두 팔을 번쩍 들고 만세를 부르자 현성이 웃었다. 보름달이 뜨기까지 기다릴 필요도 없이 뱀을 머리에서 떼 낼 수 있을 것 같았다. 임시 저승에 오고 나서 이렇게 신나긴 처음이었다. 현성이 말대로 뭔가 목표가 생기면 지옥도 견딜 만하다는 생각이 들었다.

"빨리 가 보자."

두 번째 보물 찾으러 가자고 말할 뻔했다. 현성을 따라 본관 건물 뒤 바위 쪽으로 가 보았다. 숲에서 매미 소리와 쓰르라미 소리가 들렸다. 현성의 말대로 거대한 곰 같은 큰 바위가 보였다. 검은 바위 아래 한 여자아이가 무릎을 껴안고 앉아 있었다.

"악!"

우리를 본 여자애는 비명을 질렀다. 우리는 비명에 놀라 뒤로 물러섰다. 아마도 뱀이 달린 남자애 둘이 갑자기 나타나서 놀란 듯했다.

"너희 대체 누구야?"

"릴렉스! 릴렉스! 제발 진정해."

나는 양손을 들었다 내렸다 하며 여자애에게 말했다.

"난 정수호, 얘는 고현성이야. 네 도움이 필요해서 왔어."

"무슨 도움?"

"너, 뱀을 머리에서 떼고 싶지 않아?"

내가 묻자 여자애는 대꾸하지 않고 빤히 쳐다보기만 했다. 아마도 내 머리에 달린 뱀이 두 마리라 신기한 모양이었다.

"너 이름이 뭔데? 우린 이름을 말했잖아? 이름이나 알자."

내가 어색하게 웃으며 말했다.

"백채은. 고1이야."

이름을 말해 준 걸 보면 말이 통할 것도 같았다.

"우린 둘 다 고2야. 최녹사님이 뱀을 없애려면 여기에 오게 된 이유를 남김없이 이야기해야 한다고 했어."

현성이 나 대신 용건을 말했다. 고지식하긴 해도 범생이 친구와 다니는 맛이 났다. 나는 고개를 끄덕였다.

"자살의 이유를 말하라고?"

"그래. 난 수호한테 내 이야기 다 했어."

"근데, 이야기를 했는데 왜 뱀이 안 사라졌는데?"

여자애가 따지듯 물었다.

"뱀이 자살자의 표시라는 거 알지?"

내가 묻자 채은이 고개를 끄덕였다.

"바로 뱀이 떨어지는 건 아니야. 이 납골당에 있는 자살한 애들 다 찾아서 이야기를 들어야 한대. 애들 이야기 다 듣고 수호도 마지막에 이야기를 다 해야 뱀이 사라진대. 그러니까 우리 좀 도와줘."

나 대신 현성이 차분하게 설득했다.

"싫어."

채은이 단칼에 거절했다. 나와 현성은 입을 다물지 못하고 서로 얼굴을 쳐다보았다.

"그럼 넌 뱀을 머리에 달고 지내도 괜찮다는 거야?"

내가 묻자 채은이는 몸을 획 돌렸다.

"무슨 상관이야? 나 귀찮게 하지 말고 저리 가!"

"상관있지. 뱀 떼 내려면 여기 있는 애들 이야기를 다 들어야 한다잖아? 왜 상관이 없어? 너 왜 이렇게 이기적이냐?"

내가 씩씩대며 말하자 현성이 참으라는 듯 팔을 잡아당겼다.

"갑자기 찾아와 이야기하라니까 당황했나 봐. 생각할 시간을 줘야지. 언제든 이야기하고 싶으면 우리한테 말해. 연못 앞 팽나무 아래서 기다릴게."

"싫다니까!"

"참! 이 일은 시간이 정해져 있어. 빠르면 빠를수록 좋아. 보름달 뜨기 전날까지 이야기해 주면 좋겠어. 꼭 부탁해."

현성이 덧붙였다.

"그럴 일 없으니까. 꿈 깨. 나 절대 찾을 생각 마!"

채은이 쌀쌀맞게 대답을 했다. 그러고는 몸을 획 돌려 전망대 쪽으로 귀신처럼 순식간에 올라가 버렸다. 당연히 귀신이니까,

귀신처럼 빠를 수밖에.

"뭐 저런 애가 다 있냐? 진짜 왕재수다."

나는 신경질이 나서 바위를 발로 세게 찼다. 그런데 신기하게 하나도 아프지 않았다. 죽고 나니 좋은 점이 하나 있다는 걸 처음 발견했다. 바위를 차도 아프지 않다면 누구에게 맞아도, 높은 데서 떨어져도 아프지 않겠다 싶었다.

"다른 애들부터 찾아보면 되지 뭐. 사람마다 다른 시계를 갖고 있잖아. 어떤 사람은 좀 더 빨리 가는 시계, 어떤 사람은 느린 시계를 가진 게 아닐까?"

"오! 명언이야. 현성이 넌 어째 볼수록 더 멋진 말만 하냐?"

나는 엄지를 치켜세웠다. 현성이처럼 멋진 애가 왜 저승에 있어야 하는지 마음이 아팠다. 살아 있을 때 이렇게 멋진 친구 한 명만 옆에 있었더라면 저승에 올 일도 없었을 것이다. 서로 고민도 나누고 이야기도 들어 주었더라면 얼마나 좋았을까.

"내가 좀 멋지긴 하지."

"야! 하지 마! 너 그러니까 자뻑 대마왕 저승 사장 같아. 좀 재수 없어."

"저승 사장이 누군데?"

"최녹사님 말이야. 내가 사장님이란 별명 하나 선물했지. 저승 사장님."

그 말이 끝나기도 전에 어디서 갑자기 나타난 건지 최녹사가 내 어깨에 팔을 둘렀다.

"저승 사장? 누가 나를 불렀나? 뭐? 내가 자뻑 대마왕이라고? 뭐? 재수 없다고?"

"와! 진짜 간 떨어질 뻔했네. 몰래 엿듣기가 사장님 취미예요?"

"정수호, 귀신이 떨어질 간이라도 있냐? 잘돼 가니?"

"잘되긴 뭐가 잘돼요? 아직 애 한 명밖에 이야기를 못 들었는데, 기껏 찾은 애는 이야기 안 하겠다고 하고. 백채은 쟤, 왜 저래요?"

"마음 문을 여는 열쇠는 다 다른 거야. 집집마다 현관문 열 때 다 비번이 다른 것처럼 말이다."

최녹사도 현성과 비슷한 말을 했다. 마치 둘이 짠 것 같았다.

"저승 사장님 그 문 열 수 있게 비번 좀 가르쳐 줘요. 오늘 진짜 잘생겨 보여요. 얘, 고현성보다 더 더 잘생겼어요."

내가 최녹사를 치켜세우자 현성이 웃었다.

"수호 보는 눈은 있네. 보름달이 뜨기까지 7일 남은 거 알지?"

"알거든요."

"난 저승 고독사 대책회의에 가 봐야 한단다. 정수호 홧팅!"

최녹사는 얄밉게 손을 흔들며 가 버렸다. 청소년 자살 대책회의에다 이제는 고독사 대책회의라니. 참으로 공사다망하신 최녹사였다.

나와 현성은 천사의 정원을 이 잡듯 뒤지고 다녔다. 35만 평이나 된다는 말을 처음에는 흘려들었는데 막상 돌아다녀 보니 입이 떡 벌어질 정도로 넓었다. 천사의 정원을 만든 사장은 대체 얼마나 부자였을까. 숲이 무성한 바람의 언덕과 하늘 언덕까지 돌아다녔다. 무지개 정원, 달의 정원, 별의 정원, 해의 정원까지 구석구석 뒤졌다.

우리는 수목장 나무들이 줄지어 선 곳으로 걸음을 옮겼다. 제대로 관리가 안 된 수목장 나무들은 시들어 가고 있었다. 측백나무, 주목, 소나무, 향나무, 은행나무, 홍 단풍나무가 즐비하게 서 있었다. 수목장 나무 아래 고인의 이름이 적힌 검은 돌 앞에는 알록달록한 조화들이 놓여 있었다. 수목장 나무는 사철 푸른 측백나무와 소나무가 많았다. 저승에서도 여전히 새들이 지저귀고 매미 소리가 들려왔다.

부자들의 유골이 안치된 으리으리한 로열관까지 돌아다녔으나 뱀이 머리에 달린 아이들은 보이지 않았다. 로열관은 부자들의 납골당답게 안치단은 모두 황금빛이었다. 휘황찬란한 샹들리에가 드리워져 있고 대리석 바닥에 금으로 도금된 기둥을 보니 마치 왕실 같았다. 가톨릭관, 기독교관, 불교관도 샅샅이 뒤지다가 귀신들이 소리를 지르는 통에 몸을 숨기기도 했다. 수목장과 주차장은 물론이고 본관과 신관 구석구석, 주변 숲을 헤매고 다녔다. 땅으로 꺼졌는지 하늘로 솟았는지 붉은 뱀 머리 귀신은 한 명도 보이지 않았다.

 채은이만 마음을 돌리면 한시름 놓을 텐데. 우리는 천사의 정원을 구석구석 뒤지다 머리에 흰 뱀이 달린 어른 귀신을 셋이나 마주쳤다. 대학생으로 보이는 젊은 남자, 우리 아빠 나이로 보이는 중년 남자와 허리가 굽은 할머니 귀신이었다. 흰 뱀 머리 귀신들은 말을 걸면 만사가 귀찮은 듯 우리를 본척만척했다.

 현성과 내가 붉은 뱀 머리 귀신을 찾아다니다 분수대 난간에 걸터앉아 있을 때였다. 머리에 붉은 뱀이 달린 한 남자아이가 신관 건물 모퉁이에서 후다닥 튀어나왔다. 삐쩍 마른 남자아이 뒤를 조폭처럼 생긴 덩치 큰 젊은 남자가 쫓아왔다.

 "어? 뱀 머리다!"

 나는 놀라서 벌떡 일어섰다. 그렇게 찾아도 안 보이던 붉은 뱀 머리 귀신이 제 발로 눈앞에 나타난 것이다.

 "야! 뱀 대가리 새끼! 거기 서! 내 눈에 띄면 죽는다고 했지? 야!"

 저렇게 야윈 아이를 괴롭히다니. 산만 한 덩칫값도 못 하는 조폭 귀신이 한심했다. 남자의 팔에는 용 문신이 가득했다.

 "너 이 새끼 잡히면 죽어!"

 귀신이 잡히면 죽는다니 이런 썰렁한 개그가 있나?

 "잡히면 죽는대. 아이고 배야!"

 내가 배를 쥐고 웃어 대자 조폭 귀신이 방향을 핵 틀어 나에게 달려들었다.

"너 뭐야? 어? 이 새끼들도 뱀 대가리네. 재수 없는 새끼들이 처박혀 있지 어딜 싸돌아다녀? 야! 저리 안 꺼져! 죽을래?"

조폭 귀신이 주먹을 쳐들었다. 내가 배를 잡고 웃자 현성은 웃지 말라고 말렸다.

"아저씨나 꺼지세요. 약한 애를 왜 괴롭혀요? 덩칫값이나 좀 하시죠."

눈에 뵈는 게 없는 내가 한마디 하자 현성의 눈이 휘둥그레졌다.

"이 새끼가 진짜 죽고 싶어서 환장했나? 완전 간이 배 밖에 나왔네."

"한번 죽여 보시던가요. 이미 죽었는데 무서운 거 하나도 없거든요."

"야! 이 미친 새끼! 너 주먹맛 좀 보고 싶지? 존나 겁대가리 상실한 새끼네!"

조폭 귀신이 주먹을 마구 휘둘렀다. 주먹세례와 발길질을 당했지만 하나도 안 아팠다. 나는 배를 쥐고 웃었다. 도망가던 남자아이도 걸음을 멈추고 쳐다보았다.

"얼마든지 때려 보시지. 천하무적 뱀 귀신을 뭘로 보고."

조폭 귀신은 김이 새는지 주먹질을 멈추었다.

"앞으로 내 눈에 띄기만 해 봐. 걸리면 국물도 없을 줄 알아!

으! 재수 없는 뱀 대가리 새끼들!"

길길이 날뛰던 조폭 귀신은 신관 쪽으로 가 버렸다. 조폭 귀신이 사라지자 도망치던 아이가 눈치를 보며 슬그머니 다가왔다.

"형! 고마워요."

주눅이 잔뜩 든 남자아이는 중학생처럼 보였다. 몸집은 부러질 듯 말랐지만 키는 170센티미터 정도 되는 것 같았다.

"고맙긴, 귀신이 되니 좋은 점도 있네. 맞아도 하나도 안 아파. 난 정수호, 얘는 고현성. 우린 둘 다 고2야. 넌 이름이 뭐야?"

"내 이름은 이로운이에요. 중3이에요."

"이야! 이름 멋진데. 이로운 사람이 되라는 뜻이지?"

내가 묻자 고개를 끄덕이는 남자아이의 표정이 어두웠다.

"로운아, 편하게 말 놔도 돼. 뱀 때문에 아까 그 남자에게 쫓긴 거 맞지?"

현성이 로운에게 묻자 로운이 고개를 끄덕였다.

"우리도 뱀 때문에 어딜 가든 쫓겨 다녔어. 뱀이 귀신보다 더 무서운지, 귀신들이 우리만 보면 쫓아내. 뱀 때문에 힘들 텐데, 떼 낼 생각은 없어?"

현성이 나 대신 로운에게 물었다. 그사이에 틈새를 공략하다니. 짜식! 하여간 멋진 건 다 한다니까. 나는 현성을 보고 엄지를 치켜세웠다.

"형! 어떻게 하면 뱀을 떼 낼 수 있는데?"

"자살한 이유를 다 이야기하면 된대. 이 납골당에 있는 뱀 머리 애들이 자기 이야기를 다 하면 뱀이 사라진다는 거야. 믿기지 않으면 안 해도 되고. 네 맘이야."

로운의 물음에 현성이 대수롭지 않은 일이라는 듯이 말했다. 죽기 살기로 부탁해도 될까 말까인데 별일 아닌 것처럼 말하다니, 나는 마음이 놓이지 않았다.

"자살한 이유를 말하라고?"

로운이 어두운 표정으로 말했다. 내가 나설 차례였다.

"꼭 해 주면 안 돼? 난 진짜 이 뱀 대가리 때문에 미치겠거든. 봐. 난 두 마리잖아? 메두사가 된 것 같아. 제발 이야기 좀 해 주라."

나는 로운에게 매달리듯 빌었다. 머리에 붙은 뱀을 떼야 하는 절체절명의 목표 때문인지 아부 솜씨와 싹싹 비는 솜씨가 점점 늘고 있었다. 현성이 피식 웃었다. 굳어 있던 로운의 얼굴도 펴졌다.

"할게. 나도 누군가에게 내 이야기를 꼭 하고 싶었어. 형들이 내 이야기 들어 준다니 고맙지 뭐."

로운의 말에 뛸 듯이 기뻤다. 머리에 뱀을 달고 있는 로운을 와락 껴안았다가 로운의 머리에 달린 뱀을 보고 기겁했다.

"옴마야!"

화들짝 놀라 물러서는 나를 보고 현성과 로운이 웃음을 터뜨렸다. 우리의 아지트. 늙은 팽나무 아래로 갔다. 팽나무 아래 채은이 기다리고 있으면 좋겠다고 생각했다. 한 줄기 바람이 불어와 나뭇잎을 흔드는 소리가 들렸다. 바람에 달빛이 쓸려 가는 멋진 밤이었다.

로운의 이야기
해로운 아이

나무를 특이하게 없애는 아프리카 부족이 있대. 필요 없는 나무를 없앨 때 그 부족 사람들은 그 나무 아래에 모여서 '너는 아무런 가치가 없어, 빨리 죽어 버려!' 이렇게 고함을 친다는 거야. 신기하게도 이 소리를 며칠간 들은 나무는 얼마 못 가서 시들시들 죽어 버린대. 사람의 말 한마디에는 무서운 힘이 있어. 목숨을 살리기도 하고 죽이기도 하니까. 말 때문에 죽은 그 나무처럼 나도 살 가치가 없다는 생각을 할 때가 많았어.

초등학교에 다닐 때는 친한 친구도 몇 명 있고 그냥 평범한 아이였어. 부모님도 좋으시고 아무 걱정이 없었지. 그러다 연구원인 아빠의 직장 때문에 나는 중학교 입학 전에 다른 도시로 이사 갔어. 입학식 때 주변을 둘러보니 내가 아는 얼굴은 단 한 명도 없고 무인도에 고립된 것만 같았어. 같은 초등학교를 다녔거나 같은 학원에 다니는 아이들은 벌써 자기네들끼리 무리를 짓고 있었어. 무리에 속하지 않으면 벼랑 아래로 굴러떨어진다는 걸 아이들은 본능적으로 알고 있는 듯했어.

"이로운! 우리랑 같이 다니자."

처음에 민규는 친절하게 다가왔어. 학교에 아는 사람이 없는데 먼저 다가와 줘서 고마웠어. 첫인상이 서글서글하고 모범생처럼 보여 마음이 놓였어.

싸움도 잘하고 말발이 센 민규가 그 무리의 대장이었어. 어느 날 민규가 나를 '해로운' 하고 부르니 다들 약속이나 한 듯 빈정대는 표정으로 웃었지. 세상에 이로운 사람이 되라고 부모님이 지어 주신 이름에 자부심이 있었어. 그런데 그 애들이 해로운이라고 부른 뒤부터 내가 사라져야만 할 해로운 존재가 된 기분이 들었어. 벌레가 된 기분, 기생충이나 해충이 된 느낌이랄까.

민규네 무리는 하이에나처럼 다섯 명이 늘 몰려다녔어. 그 애들은 최상위 포식자였고 학교에서 일진이라 불렸어. 그 애들은 먹이 사슬의 우두머리였고 나는 먹이 사슬 제일 아래에 있는 겁 많은 토끼였어. 민규는 수시로 내 목에 헤드록을 하며 심한 장난을 걸었어.

"야! 해로운! 존나 해로운! 로운 로운 해로운!"

"야! 하지 말라니까!"

"그럼 이로운 짓 좀 해 봐. 해로운! 너 얼마 있어?"

"하지 마! 난 이로운이야! 로운이라고."

나는 기어드는 목소리로 항변했어. 겨우 그 말을 하는데 손이 떨리고 등에는 식은땀이 흘렀지.

"난 이로운이야! 로운이라고."

민규가 혀 짧은 소리로 내 말을 따라 하며 빈정거렸어. 다른 놈들이 와자하게 웃었어.

"그러니까 새끼야! 이름값 좀 하라고! 존나 해로운 새끼야!"

"제발 그만해!"

"이 해로운 새끼가 죽고 싶어서 존나 용쓰네."

심부름을 거절하면 화장실에 끌려가서 맞았어. 급식으로 나온 우유를 터뜨리고 숙제해 온 노트를 가져가서 숨기기도 했지. 먹던 아이스크림이나 코 푼 휴지, 과자 봉지를 내 책상 서랍에 넣어 놓았어. 책상에 엎드려 있으면 분필로 내 교복에 죽죽 줄을 긋기도 했지. 지나가면서 때리거나 발로 걸어 넘어지게 하는 일도 예사였어.

날마다 매점 심부름을 시켰는데 내 돈을 삥 뜯는 게 일이었어. 그놈들에게 삥 뜯긴 돈만 해도 50만 원이 넘었지. 엄마 몰래 지갑에서 돈을 수시로 훔쳤어. 엄마에게 거짓말하면서 용돈을 달라고 할 때는 진짜 기생충이 된 느낌이었어.

몸에는 항상 멍이 들어 있었어. 내 자리의 의자가 부러져 있거나 책과 노트가 찢어지거나 쓰레기통에 처박혀 있었어. 사물함에 쓰레기통을 통째로 부어 놓기도 했고. 책을 창문 밖에다 휙 던져 버리거나 애써 필기한 노트를 그 자리에서 갈기갈기 찢었어. 노래방에 끌려가서 그놈들이 시키는 대로 억지로 춤도 춰야 했지. 그놈들은 노래방 이용료까지 내라고 강요했어.

　민규가 장난으로 내 핸드폰을 빼앗은 적이 있었어. 아무리 돌려 달라고 매달려도 돌려주지 않았어. 선생님께 말했더니 민규는 그런 적 없다고 딱 잡아뗐어. 그다음 날 핸드폰이 부서진 채 내 책상 서랍 속에 들어 있는 거야. 며칠 전에는 사물함에 든 체육복도 찢겨 있었지. 엄마에게는 잃어버렸다고 거짓말을 해야 했어. 부서진 핸드폰 때문에 잠이 오지 않았어. 매번 엄마에게 거짓말을 하자니, 마음이 부서지는 것 같았어. 몇 번을 망설이다 선생님께 겨우 말했는데 일러바쳤다고 그놈들은 나를 더 괴롭혔어.

　"존나 해로운 기생충 새끼! 자살하지 왜 사냐?"
　"해로운 벌레 새끼야! 죽어 버려. 재수 없어. 꺼져."
　이런 말을 매일 들었어. 나는 교실에서 겁먹은 토끼처럼 항상 긴장하고 있었어. 그놈들이 근처에만 오면 심장 박동이 빨라지고 머리끝이 쭈뼛 섰어. 늘 손에 땀이 차서 바지에 문지르곤 하는 게 습관이었지.

　하루는 급식 시간에 밥을 먹고 있는데 민규가 다가왔어. 대뜸 내 식판에 침을 뱉는 거야. 나는 너무 놀라 숟가락을 든 채 그대로 굳어 버렸어.

　"야! 미쳤어? 너 진짜 왜 그래?"

내가 소리 지르며 화를 내자 민규는 혀를 날름 내밀었어. 내가 노려보자 민규는 넘어지는 척 연기하면서 자기 식판을 내 머리 위에 엎어 버렸어.

"어! 미안! 실수였어."

밥풀과 콩나물과 김치찌개 범벅이 된 채 나는 그대로 얼어붙고 말았어. 시큼한 김치 냄새가 코를 찔렀어. 급식실 안에 있던 아이들이 그 모습을 다 지켜봤지. 나를 지켜보는 아이들, 또 다른 가해자들의 시선이 화살처럼 내 심장에 박혔어. 아주 재미난 구경거리처럼 킥킥대고 손가락질하는 아이도 있었지. 내 심장에서 피가 흐르는 것 같았어.

그날 이후로 나는 김치도 김치찌개도 싫어하게 됐어. 점심시간에 급식실에도 갈 수가 없었지. 애들이 다 쳐다보고 수군대는 것 같았거든. 얼굴 위에 철판 까는 것도 아니고 급식실 가기가 두려웠어.

내가 도대체 뭘 잘못한 걸까? 나에게 무슨 문제가 있는 걸까? 아무리 생각해도 왕따를 당하는 이유를 찾을 수가 없었어. 미친놈들이 벌이는 미친 짓에 무슨 이유가 있겠어. 내가 아무리 노력해 봐도, 잘해 보려고 해도 소용없었어. 반 아이들은 자기들끼리만 인사하고, 내 인사는 무시했어. 나는 투명 인간이나 외계인이 된 것만 같았어.

민규가 나한테 방과 후에 남으라고 톡을 보냈어. 모두 다 빠져

나간 빈 교실에 앉아 있는데 몸이 덜덜 떨렸어. 놈들이 화장실에 있다고 빨리 오라고 연이어 톡을 보냈어. 도망 가면 다음엔 더 심한 괴롭힘이 기다리고 있을 텐데, 등에 식은땀이 흘렀어. 죽음이 기다리는 도살장으로 끌려가는 가축이 된 것만 같았어.

쇳덩이를 매단 것처럼 다리가 무거웠어. 심장이 빠르게 뛰었어. 심장이 너무 크게 뛰어서 숨을 제대로 못 쉴 정도였지. 숨이 막혀 죽을 것만 같았어. 손으로 입을 막고 고개를 숙였어. 손가락 사이로 숨을 들이마셨어. 다시 한번 숨을 크게 들이마시고 내쉬면서 벽을 짚고 한참 서 있었어.

화장실에 들어가니 민규 무리가 덫에 걸린 짐승을 발견한 듯 함성을 질렀어. 내가 올 거란 걸 확신한 눈빛이었지. 그놈들은 뭐가 즐거운지 신나 죽을 것 같은 얼굴로 키득거렸어. 침을 삼키려 했는데 입안에 침이 바짝 말라 있었어.

"야, 해로운! 왜 이제 와? 우리가 너 얼마나 기다린 줄 알아?"

민규가 가래침을 화장실 바닥에 칵 내뱉었어. 나는 몸을 덜덜 떨었어. 심장이 입 밖으로 튀어나올 것 같았어.

"날도 더운데 왜 이렇게 떨어? 너, 요즘 점심 못 먹고 다니지? 이렇게 삐쩍 곯아서 어떡하냐?"

걱정해 주는 척하는 그 말이 더 소름 끼쳤어.

"그러게 말이야. 우리 해로운, 살이 너어무 빠져서 지인짜 불쌍해."

옆에 있는 놈도 실실 웃으며 나를 쳐다보았어. 민규가 갑자기 편의점에서 파는 삼각김밥을 주머니에서 꺼내 비닐봉지를 뜯었어. 화장실에서 김밥이라니 구역질이 치밀었어.

"괜찮아, 나 안 먹을래."

나는 황급히 손을 내저었어. 또 끔찍한 장난을 칠까 봐 심장이 죄어들었어. 도망치려고 뒷걸음질을 쳤는데 한 놈이 내 팔을 붙들었어.

"이 새끼가 어디서 앙탈이야? 아! 맞다."

민규는 대뜸 삼각김밥을 변기 물에 담갔어. 심장이 쿵 내려앉았어. 온몸이 사시나무 떨리듯 했어. 내장이 뒤집힐 듯한 구토가 치밀었어.

"먹어! 새끼야!"

민규는 변기 물에 담근 그 삼각김밥을 내 입에 들이밀었어. 두 놈이 뒤에서 내 양팔을 붙잡았지.

"싫어! 하지 마!"

눈을 질끈 감고 머리를 흔들었어. 나는 도망치려고 발버둥을 쳤어. 한 놈이 내 팔을 뒤에서 잡고 한 놈은 내 입을 억지로 벌렸어. 나는 입을 앙다물고 고개를 흔들며 몸부림을 치다가 바닥에 넘어졌어. 한 놈이 배 위에 올라타고 한 놈은 내 팔다리를 붙잡았어. 민규가 내 입을 억지로 벌려 변기 물이 뚝뚝 떨어지는 삼각김밥을 쑤셔 넣었어. 내가 죽는 순간까지 잊지 못할 더러운 치

욕의 맛이었지. 나는 입안에 든 김밥을 민규의 얼굴에 있는 힘껏 내뱉었어.

"이 새끼가 죽고 싶나?"

민규가 내 머리를 연거푸 주먹으로 내리쳤어. 나는 비명을 지르며 화장실 문을 발로 차고 몸부림을 쳤어. 그놈들은 미친 듯이 웃었지. 놈들은 세상에서 가장 재미난 장난감을 가지고 노는 것처럼 신이 나 있었어. 내가 울부짖고 비명을 지르는 만큼 그놈들의 웃음소리는 더 커졌지.

"야! 이 시간에 화장실에서 뭐 해? 너희 지금 무슨 짓 하는 거야?"

학교 경비 아저씨가 화장실 앞에 서 있었어. 놈들은 아무 일도 없는 것처럼 태연한 얼굴이었어. 살려 달라고 말하고 싶었는데 죽을 만큼 수치스러워서 입이 안 떨어졌어.

"왜 친구를 괴롭혀?"

"에이! 아저씨, 괴롭히는 거 아니에요. 우린 얘 도와주는 거예요. 우리가 얼마나 친한데."

민규가 변명하자 옆에 있는 두 놈도 맞장구를 쳤어.

"얘가 몸이 좀 약해서 잘 넘어져요."

"진짜예요. 속이 안 좋다고 해서 도와주는 거예요."

놈들은 바닥에 넘어져 있는 나를 재빨리 일으켜 세웠어. 놈들이 나를 돌려세우고 별일 아닌 것처럼 시치미를 떼며 헤헤 웃었지. 반듯하게 생긴 민준이는 누가 봐도 모범생처럼 보였어. 범생이처럼 생긴 민준이가 웃으며 말하면 아무도 민준이가 벌이는 잔인한 짓을 상상도 못 했어.

"이 녀석들아! 장난치지 말고 빨리 집에 가."

별일 없는 줄 알고 경비 아저씨는 가 버렸어. 어쩌면 귀찮아서 피한 건지도 몰라.

그놈들은 나를 일으켜 세워 어깨에 팔을 두르고 화장실 밖으로 나왔어. 복도에 울려 퍼지는 놈들의 발소리가 내 심장을 밟는 것 같았어. 놈들의 신발에 짓밟힌 김밥 찌꺼기가 된 기분이었어. 살아서 지옥의 맛을 본 그날의 기억은 한순간도 나를 가만 놔두지 않았어. 화장실에 갈 때마다 그 일이 떠올랐어.

음식 앞에 앉으면 변기 물이 묻은 김밥이 떠올랐어. 몸이 음식을 받아들이지 못했지. 먹는 것이 두려우니까 맛도 느껴지지 않았어. 점심 급식 때는 아무것도 먹질 못했어. 배고파도 참고 또 참고 물로 배를 채웠어. 밥을 못 먹으니 몸은 삐쩍 마르고 시력까지 떨어지고 복통과 두통을 달고 살았어. 밥도 잘 못 먹고 억지로 삼켰다가 전부 토해 버릴 때도 많았지.

목소리도 힘이 없어서 선생님이 발표를 시키면 억지로 대답했어. 선생님이 안 들린다고 화를 내면 아이들이 비웃었어. 설사도 나오고 어지럼증과 불면증에 시달렸어. 겨우 잠이 들면 악몽 때문에 비명을 지르며 깨어나곤 했어. 어느 순간 갑자기 슬픔에 빠져서 눈물을 왈칵 쏟기도 하고 집중력도 떨어졌고. 밤에 잘 때는 창문 밖에서 뭔가가 훔쳐보는 듯해서 덜덜 떨었어. 사람들이 웃는 것도 신경 쓰이고 죄다 나를 흉보는 것 같아서 학교에 가는 것이 무서웠어.

체육 시간에 민규가 떠밀어서 축구 골대에 세게 부딪친 일이 있었어. 얼굴이 벌겋게 부어서 집에 가니 엄마가 깜짝 놀라서 물었어.

"로운아! 얼굴 왜 그래? 누가 때렸어?"

"때리긴…… 별거 아냐. 체육 시간에 축구하다 넘어졌어. 별로 안 아파."

나는 엄마 눈을 피했어.

"혹시 괴롭히는 애 없어?"

"당근 없지. 우리 학교는요, 왕따와 폭력이 없는 최고의 학교, 아주 아름다운 학교랍니다."

나는 억지로 웃으며 대답했어. 내 농담에 엄마가 웃었어. 웃는 엄마 얼굴을 보자 가슴이 미어졌어.

"다행이다. 힘든 일 있거나 무슨 일 있음 꼭 말해."

"없다니까!"

엄마에게 일부러 짜증을 냈어.

"혼자 고민하지 말고 엄마 아빨 믿고 말해. 알았지?"

엄마가 더 캐물을까 봐 눈 마주치는 것도 피했어. 방에 들어가서 이불을 뒤집어쓰고 주먹으로 입을 틀어막았어. 내 마음은 물에 젖은 휴지처럼 너덜너덜했어. 부모님께는 필사적으로 괴롭힘당하는 걸 숨기려 했어. 부모님이 학교에 찾아가서 소동이 벌어지면 더 가혹하게 복수를 당하게 되니까.

그놈들은 괴롭힌 일들이 밝혀질까 봐 결석하면 죽인다고 협박했어. 몸이 아파도 학교에 가야 했지. 조금만 큰 소리가 나도 깜짝깜짝 놀랐어. 반 아이들 시선이나 웃음이 신경 쓰였어. 사람 눈을 마주 볼 자신이 없어서 시선을 피했어. 별거 아닌 일에도 깜짝 놀라고 대화를 피했어. 이동 수업 할 때 같이 가는 친구도 없고 급식 먹을 때도 혼자, 모둠에서도 혼자였어.

우울증은 갈수록 심해졌어. 종일 영화를 봐도 음악을 들어도 마음이 안정되지 않았어. 너무 외롭고 우울해서 자다가 울고, 울다가 자고를 반복했어.

연습장에 다 죽여 버릴 거라고 악에 받쳐 적곤 했어. 내가 미쳐 가는 건 아닌지 두려웠어. 너무 억울해서 언젠가 너희에게 내가 당했던 것 백배로 갚아 줄 거라고 수백 수천 번 다짐했어. 낙서로 내 속의 화산 같은 분노를 표현했어. 칼과 창과 권총을 그리며 시간을 보냈어. 누군가 잔인하게 죽이는 그림을 수도 없이 그렸지. 팔과 다리, 몸통이 잘린 그림을 그리면서 누군가 내 상태를 알아주기를, 이 일을 해결해 주기를 간절히 빌었어.

어른들에게 도와 달라고 말하지 못한 이유가 뭘까. 폭력에 길

들여지면 밧줄에 꽁꽁 묶인 것처럼 정신도 결박이 돼. 상대방의 보복이 두렵기도 하고. 아무 힘도 없고 귀찮아하는 선생님들에게도 의지할 수도 없어. 가족에게 알리면 가족도 가만두지 않겠다고 협박하는 놈들이야. 엄마 아빠까지 그놈들이 괴롭힐 것 같아서 감당할 자신이 없었어. 아무도 내 마음을 몰라 주는 게 서러웠지만 말할 수 없었어. 가족들이 알면 단 하루도 견딜 자신이 없었어. 왜 괴롭힘을 당하면 주위에 말을 못 하는지 알 것 같았어. 중학생들은 퇴학도 시킬 수가 없고 강제 전학이 최고의 처분이니까.

쉬는 시간에 민규가 내 옆으로 다가오더니 먹던 빵을 얼굴에 뱉었어.

"야! 그만해! 개새끼야!"

악에 받쳐 소리 지르면서 민규에게 달려들었어. 제대로 때려 보지도 못하고 민규의 주먹질과 발차기에 나동그라졌어. 책상과 의자가 넘어지고 교실은 난장판이 되었지.

"해로운 새끼! 약 처먹었냐?"

"와! 지렁이도 꿈틀거리네."

"존나 해로운 새끼! 죽고 싶어 발악하는구나."

그놈들이 비웃길래 교복 안주머니에 들어 있는 커터 칼을 꺼내 들었어. 그놈들을 찌를까, 나를 찌를까 하던 중에 담임 선생님이 들어왔어.

"야! 너 이로운! 미쳤어? 당장 그만두지 못해?"

"으아아아! 악악!"

나는 너무 분해서 미친 듯 소리를 질렀어. 나는 주먹으로 벽을 치고 화분까지 내동댕이쳤어. 선생님이 당황했는지 뒤로 물러섰어.

"이로운! 너 미친 거 아니야?"

나는 너무 억울해서 대성통곡했어. 선생님은 내가 왜 그랬는지 물어보지도 않았어. 제발 한 번만 내 말을 들어 달라는 비명이었는데 선생님은 들으려 하지 않았어. 나를 혼내기만 하고 반성문을 쓰게 하고 벌점을 줬어. 부모님까지 모셔 오라고 했지.

그날 너무 괴로워서 피시방에 갔다가 건물 옥상으로 올라갔어. 잠겨 있는 줄 알았는데 문이 열리는 거야. 난간에서 아래를 내려다보았어. 7층 건물이어서 뛰어내리면 충분히 죽을 수 있겠다는 생각이 들었어. 그 생각을 하고 아래를 보니 온몸이 덜덜 떨렸어. 다리에 힘이 빠지고 식은땀이 흘렀어. 눈을 질끈 감고 수영장에서 다이빙하듯 확 뛰어내릴까. 한 발만 떼면 죽음인데, 죽음과 삶의 거리가 이렇게 가까울 수가 있다니. 단지 한 발짝일 뿐이었지.

난간에 발을 올리려고 하는 순간이었어. 옥상 문이 삐꺽 하며 열리는 소리가 들렸어. 깜짝 놀라서 돌아보니 어떤 아저씨가 손에 담배를 들고 나타났어. 나와 눈이 마주친 아저씨는 그 자리에 얼어붙은 듯 서 있었어.

"학생! 왜 그래? 무슨 힘든 일 있어?"

힘든 일 있냐고 물어보는 그 말에 울컥 울음이 터져 나오려고 했어. 난 처음 보는 그 아저씨에게 매달려 나, 너무 힘들다고, 살고 싶다고, 죽기 싫다고 엉엉 울고 싶었어. 근데 내 입에서 나온 말은 생각과 달랐지.

"아 씨! 신경 끄세요. 무슨 상관인데요? 아저씨 할 일이나 하세요."

나는 화를 벌컥 내며 도망치듯 그 자리를 벗어났어. 실제론 도와주세요, 내 말 좀 들어 주세요, 하고 싶었어. 낯선 사람이라도 붙들고 힘들어 죽겠다고 말하고 싶었어. 내 소리 없는 비명을 들어 주었으면 좋겠다고 생각했어. 무슨 힘든 일 있어? 단지 그 말 한마디가 그날 죽으려던 한 아이를 살린 거야.

다음 날, 너무 힘들고 현기증이 나서 학교 복도 창가에서 머리를 감싸 쥐고 있었어.

"이로운! 괜찮아?"

누군가 내 등을 가볍게 두드리며 걱정 가득한 눈빛으로 물었어. 캄캄한 동굴 속에 들어온 한 줄기 빛을 본 느낌이었어. 우리 반에서 유일하게 나를 놀리지 않는 그 아이였지.

"어, 괘, 괜찮아."

나는 놀라서 말을 더듬었어. 왕따에게 말 걸면 왕따가 되는데 그 아이는 왕따인 내게 말을 걸어 준 거야.

그날 이후 그 애는 내가 운동장 계단에 혼자 앉아 있으면 다가왔어. 아무 말 하지 않고 내 옆에 가만히 앉아 있곤 했어. 눈이 마주치면 빙긋 웃어 주기도 했고, 점심 먹었느냐고 묻기도 했어. 나는 그때서야 숨이 쉬어졌어. 단지 나를 괴롭히거나 놀리지 않는다는 그 이유만으로 그 애가 좋았어. 내 슬픔을 대신 등에 짊어지고 가는 사람이 친구라고 하잖아. 그런 친구가 생긴 것만 같았어.

학교에 가면 그 아이만 눈에 보이고 가슴이 두근댔어. 내가 동성애를 하는 것은 아닌지, 겁이 났어. 그 애만 보면 심장이 가파르게 뛰었어. 말을 걸고 싶은데 말이 입안에서 뱅뱅 돌기만 했어. 민규 패거리에 괴롭힘을 당해도 그 애 생각으로 견딜 수 있었지. 아마도 누군가가 나를 위로해 준다는 사실에 그런 감정을 느꼈던 게 아닐까. 관심 없는 척도 해 보았는데 가슴이 터질 것 같았어. 왕따를 당하고 학교 폭력을 당하는 것만도 죽을 만큼 힘든데 머리가 터질 것 같았어. 너를 좋아한다고 그 한마디를 하고 싶었지만 고백할 수도 없었어. 소문이 날까 봐 두려웠어.

고백할까 말까 하는 내 마음이 연습장에 고스란히 적혀 있었어. 그 일진 놈들이 내가 연습장에 쓴 낙서를 뒤에서 들여다보는 줄도 몰랐어. 갑자기 민규가 연습장을 확 **빼앗아** 달아났어. 심장이 쿵 내려앉았어.

"새끼야! 내놔!"

나는 민규를 뒤쫓으며 소리를 질렀어.

"와! 해로운 이 새끼 완전 게이네. 이것 좀 봐."

"와! 이 게이 새끼가 현준이 좋아한단다."

"으! 드러운 게이 새끼!"

그놈들 말에 야유하는 함성이 터져 나왔어. 그 아이는 기분이 나쁜지 교실을 나가 버렸어. 심장이 짓뭉개져 으스러지는 것 같았어. 그 애를 볼 낯이 없었어. 나 때문에 피해를 주다니. 나는 그대로 교실을 뛰쳐나왔어. 유일한 내 편이 생긴 것 같다고 혼자서 좋아했는데, 살아갈 이유가 생겼다고 생각했는데 그놈들이 다 망치고 만 거야.

학교에 갈 일만 생각하면 무섭고 두려웠어. 종일 나가지 않고 집에만 있다면 아무 고통도 안 당할 텐데 싶기도 했어. 나를 괴롭히는 일진 놈들보다 그 애를 마주치는 게 더 겁이 났어. 이대로 쓰러지면 학교에 안 갈 텐데. 이런 생각을 하는 내가 벌레만큼 끔찍했어. 후회할 걸 알면서도 몸에 칼을 댔어. 몸에 흉터가 남는데 멈출 수가 없었지.

아무에게도 털어놓지 못한 때문일까. 가슴속의 불은 내 영혼을 활활 태우고 그 불덩이는 자꾸만 커져 활화산처럼 폭발하려 했어. 원망과 분노와 적개심이 용암이 되어 터져 나오려 부글부글 끓었어. 밤새 울고 일어나면 눈이 퉁퉁 부어 있었어. 사는 것도 죽는 것도 어느 것 하나 마음대로 할 수가 없었어. 내가 왜 태어났나, 이렇게 살아서 뭐 하나 싶고 세상이 너무 무서웠어. 힘이 없다는 것보다 나쁜 건 없다는 생각이 들었지.

내가 '게이 새끼'라는 소문이 돌고 나서부터 그 애는 나에게 눈길도 주지 않았어. 내 근처로도 오려 하지 않고 내가 보이면 무조건 피했어. 다른 애들의 시선은 견딜 수 있었지만 나를 벌레 보듯 하는 그 애의 눈빛만큼 견디기 힘든 건 없었어. 엄마에게 아프다는 핑계를 대고 학교를 수시로 빠졌어. 엄마는 나 때문에 한숨 쉬는 날들이 많아졌지. 정신과에 가 보자고 했지만 나는 고개를 저었어. 약을 먹고 기분이 나아진다 해도 그들이 괴롭힘을 멈추진 않을 테니까.

어느 순간부터 나는 확실한 자살 방법을 알아보고 있었어. 우울증 갤러리에도 들어가 보고 자살에 대해 자주 검색해 보았어. 자살 방법이나, 동반 자살에 대해서도 찾아보았지. 자살에 이르게 되는 동기는 989가지나 되고 자살 방법은 89가지나 된다는 거야. 죽는 것이 사는 것보다 낫다는 생각이 들 때, 살아갈 이유가 없을 때, 세상에 혼자라는 생각이 들 때, 즈변 사람에게 짐만 된다 싶을 때, 죽는 것에 두려움이 없어질 때 자살하게 된다고 했어. 그런 글을 읽으면서 내겐 죽음밖에 방법이 없다고 생각했어.

어느 날 그놈들이 나를 단톡방에 초대했어. 들어갈까 말까 망설이다 들어갔어. 동영상이 올라와 있었어. 너무 놀라 번갯불이 온몸을 관통하는 기분이었어. 점심시간에 민규 무리가 나를 화장실에 끌고 가서 때리는 장면을 찍은 영상이었지. 반항 한 번 못 해 보고 고스란히 맞고 있는 내 얼굴이 보였어. 내가 맞고 있는 동안, 단 한 명도 선생님을 부르러 가지 않았어. 오히려 더 때리라면서, 구경하는 놈들이 부추기고 있었어. 얼굴과 머리로 날아드는 손과 발을 피해 나는 몸을 웅크리고 맞고만 있었어. 그놈들은 변기통에 내 머리도 집어넣었어. 비명 소리가 칼날처럼 내 심장을 찔렀어. 놈들은 '병신 쪼다 같은 게이 새끼'라고 놀리면서 단톡방에서 시시덕거리고 있었어. 온몸을 난도질당하는 느낌이었어.

 동영상은 학교 안에 삽시간에 퍼졌지. 부모님이 이 동영상을 보면 어쩌나 심장이 찢어지는 것 같았어. 죽을 때까지 저 동영상이 나를 따라다닐 텐데, 앞으로 나는 어떻게 살아야 하나 앞이 캄캄했어. 평생 지옥 속에서 살아야만 하겠구나. 경찰에 신고해도 동영상이 퍼져 나가는 걸 막을 수 없다는 생각이 들었어. 그 애도 당연히 그 동영상을 봤을 거라 생각하니 숨이 쉬어지지 않았어. 내게 남은 선택은 단 한 가지였어. 죽으면 이 모든 고통이 끝난다고, 더 이상 살 수가 없다고 생각했어.

 동영상이 올라온 그날 밤 식구들이 모두 잠들기만 기다렸어. 나를 괴롭힌 그놈들을 모두 처벌해 달라는 유서를 썼어. 엄마 아빠에게 못 버티고 먼저 가서 미안하다고, 못난 아들 키워 주셔서 감사하다고 한 자 한 자 글씨를 눌러썼어. 유서에 눈물이 뚝뚝 떨어져 종이가 너덜너덜해졌어. 새벽 두 시, 나는 줄넘기를 들고 화장실로 들어갔어.

칼날 위에 선 것처럼 두려웠어. 맹수의 뱃속처럼 어둡고 컴컴한 길을 걸어갔어. 그 길은 칠흑같이 검은 길이었어. 나 혼자서만 가야 하는 무서운 길.

붉은 뱀 머리 귀신 넷이 간다

긴 이야기를 끝낸 로운의 눈에는 눈물이 글썽했다. 귀신이 되어도 눈물이 맺힐 수 있나, 나는 기껏 그런 생각이나 하고 있는데 현성은 로운의 등을 쓰다듬어 주었다. 쓰다듬어도 아무 느낌도 없을 텐데.

"로운아! 진짜 힘들었지? 그 괴로운 걸 견디느라 너무 힘들었겠다."

현성이의 그 말에 로운이는 숫제 울음을 터뜨리고 엉엉 울었다. 현성이는 로운이를 끌어안고 등을 토닥거려 주었다. 혀를 날름거리는 뱀이 눈앞에 있는데 징그럽지도 않은 모양이었다. 로운이가 지옥을 빠져나오기 위해 죽음을 선택했다는 생각이 들었다. 한참 울던 로운이 진정이 되었는지 울음을 그쳤다.

"형! 나, 너무 바보 같지?"

그 말을 하면서 로운은 쑥스러운 표정으로 웃었다.

"아니야. 로운아. 이야기해 줘서 고마워. 너 진짜 용기 있고 멋져. 그 힘든 이야기를 해 줘서."

나는 로운의 등을 툭툭 쳤다. 내가 생각해도 제법 멋있는 말을 한 것 같았다. 현성이도 나와 같은 생각인지 고개를 끄덕여 주었다.

"아무나 붙들고 다 말하고 싶었어. 너무 시원해. 나 진짜 억울했어. 화산이 폭발할 만큼!"

로운은 무거운 짐을 내려놓은 듯한 표정이었다.

"그래. 잘 이야기했어. 로운이가 이 힘든 걸 해냈지 말입니다. 로운이 최고!"

나는 저승에서 발견한 새로운 특기를 발휘해 아부를 한껏 떨었다. 현성이 나를 보고 씩 웃었다. 눈물 그렁한 얼굴로 로운이도 따라 웃었다.

"로운아, 너 혹시 머리에 뱀 달린 애 본 적 없어?"

현성이 로운에게 말했다. 역시 현성이는 책임감이 끝내주는 범생이구나 싶었다.

"본 적 있는데."

"와! 대박! 정말? 어디서?"

일이 이렇게 쉽게 풀리다니, 나는 춤이라도 추고 싶었다.

"천국의 계단인가? 그쪽에서 딱 한 번 봤어. 여자앤데, 중학생 같았어."

"천국의 계단? 지금은 그곳에 없을지도 모르잖아?"

현성이 말했다.

"일단은 그 애를 찾으러 가 보자. 없으면 같이 찾으러 다니면 되지. 가자! 천국의 계단으로!"

선두에 선 장군처럼 내가 손짓을 하자 현성이와 로운이 웃으며 뒤따랐다. 뱀이 머리에 달린 아이 셋이 걸어가는 것을 본 귀신들이 비명을 질렀다. 손가락질하며 킬킬대는 귀신도 보였다. 이젠 셋이서 함께 다니는데, 조폭 귀신들이 떼를 지어 달려들어도 당해 낼 수 있을 것 같았다. 우린 귀신들이 무서워하는 붉은 뱀 머리 귀신이니까.

천국의 계단 주변을 샅샅이 뒤졌으나 로운이 말한 그 아이는 보이지 않았다. 하늘 언덕 근처 무지개 정원과 달의 정원. 별의 정원, 해의 정원을 뒤져도 보이지 않았다. 대신 여기저기서 튀어나온 귀신들에게 욕을 얻어먹고 쫓겨 다녔다.

천사의 정원은 장난 아니게 넓었다. 최녹사의 말에 따르면 이곳은 개원 당시에는 시설과 규모도 최고 수준이었다고 했다. 35만 평이나 되는 부지에 30만 기의 유골을 봉안할 수 있었다. 개원 당시에는 그야말로 국내 최대 규모였고 최신식 시설을 자랑하는 납골당이었다고 했다. 미술관처럼 거대한 건물이 일곱 동이나 있었다. 실내 봉안당, 야외 납골묘, 수목장, 가족 납골묘, 기독교관, 불교관, 천주교관도 따로 있었다. 천사가 흰 날개를 펼친 듯한 모습을 닮은 하얀 본관 건물은 멀리서 보면 아름다운 성채처럼 보였다.

조경에 관심이 많았던 사장은 천사의 정원이라는 이름에 걸맞게 이국적이고 수려한 정원을 꾸몄다. 천사의 정원을 성벽처럼 두르고 있는 낮은 야산에 멋진 테마 정원을 조성했다. 연못과 인공 폭포와 분수대, 계류천까지 만들었다. 그는 천사의 정원을 만들기 위해 세계 유명 정원까지 돌아다니며 조경을 배웠다고 했다. 프랑스의 베르사유 궁전까지 둘러보고 왔을 정도였다. 납골당의 사장은 솜씨 좋은 일류 정원사를 초빙해 이국적인 꽃과 나무를 심고 가꾸게 했다. 그리스 로마 신화에 등장하는 올림포스 신들의 조각상과 큐피드를 닮은 아기 천사 조각상을 곳곳에 배치했다. 계절마다 이국적인 꽃들이 핀 정원은 천국을 연상하게 할 정도로 아름다워서 명성이 자자했다.

10년이면 강산이 변한다는 말은 만고불변의 진리였다. 5년 전, 사장이 심근 경색으로 죽고 이곳은 급속히 토락했다. 한때 50명에 이르던 직원들은 10명으로 줄어들고 납골당은 몰락한 왕국의 궁성처럼 쇠락의 길을 걷고 있었다. 관리가 안 된 정원수들은 말라 죽고 정원에는 풀이 무성했다. 송사리와 피라미가 헤엄치던 계류천은 낙엽과 토사로 뒤덮이고 말았다. 천국처럼 아름답던 정원은 귀신들이 임시로 거주하기에 안성맞춤인 납골당으로 변해 가고 있었다.

나무들은 한여름인데도 누런 잎을 매달고 있었다. 진드기들이 나무에 들러붙어 수액을 맹렬하게 빨아 대는 소리가 들리는 것 같았다. 천사가 흰 날개를 펼친 것 같은 본관 건물은 웅장하고 아름다웠지만 뒷산은 산사태로 벌건 속살을 흉하게 드러내고 있었다. 수려한 자태를 뽐냈을 것 같았던 멋진 소나무들은 누렇게 말라 죽어 가고 있었다. 한때는 천국 같다는 명성을 떨쳤다는데 천사의 정원이 아니라 귀신의 정원으로 이름을 바꾸어야 할 것 같았다.

채은이라도 나타나면 좋을 텐데 코빼기도 보이지 않았다. 팽나무 아래서 셋이서 교대로 채은이를 기다렸다. 바람을 넣은 풍선처럼 달이 점점 커지고 있었다. 겨우 두 아이의 이야기를 들었을 뿐이었다. 보름달이 뜨기까지 3일밖에 남지 않았는데 어떻게 이 일을 끝마친단 말인가. 나는 고개를 흔들었다.

"우리 이러지 말고, 채은이한테 가 볼까? 혹시 마음이 변했을 수도 있잖아."

현성이 나를 보며 말을 꺼냈다.

"그 왕재수, 절대 이야기 안 할걸. 그동안 팽나무 아래 한 번도 안 왔잖아?"

나는 손을 내저었다.

"그래도 혹시 모르지."

"어! 저기 나무 위에 누가 있어."

로운이 그 말을 하고는 팽나무 쪽으로 뛰어갔다. 나와 현성은 채은이가 왔나 해서 뒤따라갔다. 로운은 고개를 젖히고 팽나무를 올려다보고 있었다. 단발머리 여자애가 팽나무 가지 위에 앉아 있는 모습이 보였다. 여자애는 흰색 바탕에 검은 점이 있는 고양이를 쓰다듬고 있었다. 자세히 보니 여자애의 머리 위에도 붉은 뱀이 혀를 날름거리고 있었다. 로운이 말하던 그 여자애 같았다. 고마운 팽나무에게 큰절이라도 올리고 싶었다. 세 번째 보물을 찾게 해 주었으니까.

"야! 너 어떻게 거기 올라갔어?"

내가 여자애를 올려다보며 물었다.

"귀신이 왜 나무에도 못 올라와? 귀신같이 올라왔지. 어? 근데 전부 나처럼 뱀 머리네. 갑자기 어디서 나타난 거야?"

여자애가 우리를 내려다보며 놀리듯 말했다.

"그럼 여기 내려올 수도 있겠네. 우리 뱀 머리끼리 의논할 게 있는데 내려올래?"

현성의 말에 여자애가 고개를 끄덕였다. 나무에서 줄을 타고 내려오듯 사뿐히 땅으로 내려왔다. 마치 스파이더맨 같았다. 다들 놀라서 입을 쩍 벌렸다.

"와! 너 대단하다. 날 줄도 알아?"

내가 여자애에게 물었다.

"귀신이니까 당연히 날 줄 알지. 근데, 무슨 의논을 하겠다는 거야?"

"너, 뱀을 머리에서 떼 낼 생각 없어?"

나는 머리의 뱀을 가리키며 말했다.

"당근 있지. 말이라고? 이 징그러운 걸 어떻게 머리에 붙여 놓고 싶겠어?"

"로운아, 네가 한번 말해 볼래?"

현성이 로운에게 말할 기회를 주었다. 현성이 로운을 생각하는 마음이 엿보였다. 역시 생각이 깊은 아이라니까. 나는 현성에게 오케이 사인을 보냈다.

"나, 실은 처음 여기 온 날 너를 봤어. 천국의 계단에서."

로운이 쭈뼛거리며 여자애에게 말했다.

"난 못 봤는데?"

"그때 울고 있어서 말을 못 붙였어."

"아 씨, 쪽팔려. 죽은 게 너무 억울해서 울었어. 후회스럽기도 하고. 뱀도 머리에 붙어 있고. 근데 뱀 떼려면 어떻게 해야 하는데?"

나는 답답해서 끼어들고 싶었지만 현성의 눈짓에 입을 다물었다.

"여기 온 이유, 그러니까 왜 자살했는지 그 이야기를 모두 해야 된대. 나도 형들에게 다 이야기했어."

"근데 왜 뱀이 안 떨어졌어? 다 그대로잖아?"

여자아이의 말에 로운이 뒤통수를 긁적이려다 뱀을 떠올렸는지 화들짝 손을 뗐다. 그 모습을 보고 여자애가 웃었다. 웃음이 많은 아이였다. 이렇게 웃음이 많은 아이도 자살을 할 수 있구나. 여자아이의 사연이 궁금했다.

"뱀은 자살의 표시야. 천사의 정원에 있는 자살한 애들 다섯 명 다 이야기를 마쳐야 해. 네가 세 번째고."

성질 급한 내가 못 참고 끼어들었다.

"내가 네 번째 아니야? 여기 모두 네 명이잖아?"

"현성이가 첫 번째, 로운이가 두 번째, 네가 세 번째. 나 정수호는 다섯 번째, 마지막 날 이야기할 거야. 벅채은이라고 고1인 여자애가 아직 이야기 안 한다고 뻗대고 있어."

"그 언니는 어디 있는데?"

"본관 뒤쪽 큰 바위 근처에 있었는데 지금은 어딨는지 몰라. 이야기할 마음 있음 여기로 오라고 했는데, 혹시 본 적 없어?"

현성이 묻자 여자애는 고개를 저었다.

"아참! 너 이름이 뭐야?"

로운이 물었다.

"난, 하은서, 중2. 그러니까 모두 다 이야기를 마치면 뱀이 떨어진다는 거네. 그까짓 거 하지 뭐."

우리 셋은 은서의 말에 함성을 질렀다. 팽나무 주변에 있던 귀신들이 무슨 일인가 해서 다가오더니 우리를 보고 비명을 지르며 달아났다. 예전에는 귀신에게 쫓겨 다녔는데 이제는 귀신들이 우리를 피해 달아났다. 우리는 귀신들이 무서워하는 네 명의 붉은 뱀 머리 귀신이었다.

바람이 팽나무 가지를 흔들었다. 팽나무 잎들이 손뼉을 치듯 초록 손바닥을 비비는 소리가 들렸다.

은서의 이야기
부서진 아이

🌙

나에게 책은 친구고 엄마 대신이야. 책은 윽박지르지 않고 다정하게 말을 걸어 주거든. 어느 책에서 읽은 건데, 제라늄을 가지치기할 때 상처를 너무 많이 입히면 성장이 지체된대. 꽃도 제대로 못 피우고. 꽃이 가장 많이 피는 제라늄은 가지치기를 적당하게 해 준 거래. 흙이 마르지 않게 물도 알맞게 주고. 그러니까 딱 알맞은 양의 보살핌을 받아야 꽃을 활짝 피우는 건가 봐. 나는 어떤 제라늄이었을까. 꽃 한 송이 피워 보지 못한 나는.

놀이터에서도 엄마 눈치를 보는 아이가 있었어. 엄마가 손을 들기만 하면 화들짝 놀라 양팔로 머리부터 감싸는 아이, 등에는 붉은 손바닥 자국이 있는 아이, 수없이 꼬집히는 바람에 허벅지에도 팔뚝에도 푸른 멍이 있는 아이, 어두운 놀이터 그네 위에 앉아 울고 있는 아이. 여자아이의 몸에 난 흉터와 멍은 한 번도 사랑을 받아 본 적이 없다는 증거였지. 그 여자아이는 바로 나,

하은서였어.

놀이터에 가면 아이들과 엄마들이 나와 있곤 했어. 한 아이가 뛰어다니다가 시소에 부딪혀 넘어졌어. 아이가 자지러지게 울자 놀란 아이의 엄마가 뛰어와서 우는 아이를 안아 주고 달래 주었어.

"괜찮아? 안 다쳤어?"

아이의 무릎에 호, 입김을 불어 주고 괜찮을 거라며 안아 주는 그런 엄마가 내 눈에는 진짜 신기하게 보였어. 엄마는 나를 안아 주거나 눈을 맞추거나 머리를 쓰다듬어 준 적이 없었으니까. 괜찮으냐고 물어본 적이 없었으니까. 내가 넘어지면 오히려 등짝을 세게 때리는 게 엄마였으니까.

놀이터에서 놀던 아이들이 엄마가 해 준 따스한 저녁밥을 먹으러 들어가고 나면 나는 혼자 남아 있었어. 놀이터 위에 뜬 달이 슬픈 눈빛으로 나를 내려다보고 있었지.

일곱 살 때였는데, 천둥번개가 심하게 치는 밤이었어. 나는 자다가 그 소리에 놀라 잠이 깼어. 창문에 비치는 시커먼 나뭇가지가 흔들리는 모습이 마치 유령이 춤추는 것처럼 보였어.

"엄마! 무서워!"

엄마에게 무섭다고 매달렸어. 엄마는 남동생을 끌어안고 토닥여 주었지만 나는 본척만척했어.

"저리 안 가?"

엄마는 나를 확 밀쳤어. 마치 벼랑 아래로 내던져진 기분이었어.

엄마는 서준이를 볼 때만 웃었어. 단 한 번만이라도 나를 보고 웃어 주기를 바랐어. 나도 한 번쯤은 사랑받고 싶었어. 화난 얼굴, 성난 목소리, 끔찍한 욕설이 아니라 다정한 말 한마디를 듣고 싶었어. 동생만 사랑하지 말고 나도 사랑해 달라고 말하고 싶었어. 나도 엄마 자식이니까.

엄마는 내가 다가가면 귀찮아하고 밀쳐 내기만 했어. 나는 엄마에게 뭔가를 조른다거나 응석을 피우는 방법을 몰랐지. 엄마는 마트 갈 때도 친척 집에 갈 때도 동생 손만 잡았거든. 내가 눈치를 보다 손을 잡으면 내 손을 홱 뿌리쳤어. 마치 더러운 쓰레기를 집어 던지듯이. 나는 엄마와 거리를 두고 걷는 아이가 되었어.

"오늘 하루는 어땠어?"

"학교에서 뭐 했어?"

"친구들이랑 잘 놀았어?"

엄마들이 학교 마치고 나온 아이를 껴안고 볼을 쓰다듬으며 묻는 말이 듣고 싶었어. 그 흔한 말을 한 번이라도 엄마에게서 듣고 싶었어. 사랑은 물음표가 아닐까. 그 사람이 뭘 했는지 궁금하지 않으면 그건 사랑이 아닌 거야. 엄마는 내가 학교에서 어떻게 지내는지 하루를 어떻게 보내는지 물어본 적이 없어.

엄마는 집에선 무서웠지만 밖에 나가면 상냥했어. 사람들을 만나면 다정하게 인사를 하고 이웃과도 친하게 지내고 딴사람으로 변했지. 나는 밖에서의 엄마가 좋았어. 집에 들어가기만 하면 얼굴에서 얼음이 떨어졌으니까. 내 몸엔 멍이 가실 날이 없었어. 누구한테도 엄마가 때린다고 말할 사람이 없었어. 다른 사람도 아닌 내 엄마였으니까. 차갑고 무서운 엄마도 아침에 학교 갈 때는 다정한 엄마로 변했어.

"은서야, 조심해! 학교 잘 다녀와."

엄마는 아파트 복도에서 학교 가는 내 뒤통수에 대고 다정한 목소리로 말했어. 복도까지 따라 나와서 인사를 해 줄 정도로 다정하게 변했어.

엄마와 아빠는 술고래였어. 같이 술을 마시다 둘이 심하게 싸웠어. 술을 마신 아빠는 물건을 집어 던지고 욕을 하면서 엄마를 때렸어. 엄마는 아빠에게 맞아서 피를 흘리며 맨발로 도망쳤어. 어떤 날은 경찰이 출동하기도 했지.

나는 엄마와 아빠가 싸우면 너무 불안해 숨어서 울었어. 나 때문에 싸우는 것 같았거든. 내가 착한 아이가 되면 엄마 아빠가 안 싸울까, 내가 없어지면 안 싸우게 될까, 그런 생각도 했어. 엄마 아빠 싸우지 마세요. 이렇게 유서를 써 놓고 높은 데서 뛰어내리면 엄마 아빠도 후회하겠지. 그다음부터는 절대 안 싸우겠지. 이런 생각을 하면서 이불을 뒤집어쓰고 울었어.

아빠와 심하게 싸운 날이면 엄마는 무서운 얼굴이 되곤 했어. 내가 눈에 띄기만 해도 소리를 지르고 욕을 하고 뺨을 때렸지. 엄마는 아파트 복도가 떠나가라 소리를 질렀어. 내 울음소리가 아파트 벽과 배관을 타고 창문을 넘어 집집마다 들려도 아랑곳하지 않았어. 내 전부를 다 빼앗긴 것처럼 악을 쓰고 울어도 아무도 달려오지 않았지.

나를 혼내고 때리고 소리를 지르는 일이 엄마의 일과 중에 가장 중요한 일이었어. 나는 엄마의 매를 견디기 위해 태어난 아이였으니까. 나는 엄마의 화풀이 장난감이었으니까. 내가 어릴 적 살았던 아파트 곳곳에 내 울음소리가 스며 있을 것만 같아.

초등학교 4학년 때였어. 주식과 도박에 빠진 아빠가 빚쟁이들에게 쫓겨 다녔어. 아빠가 도망을 다닌 지 얼마 안 되어 엄마는 아빠와 이혼을 했어. 엄마는 식당에 나가서 일하기도 하고 마트에서도 일하고 건물 청소 일을 하기도 했어. 퇴근한 엄마는 신세를 한탄하며 술을 마셨어.

"아이고! 내 팔자야! 목매달아 콱 죽어 버리든지 해야지. 사는 게 너무 끔찍해."

나는 엄마가 나를 버릴까 봐, 죽을까 봐 무섭고 불안했어.

"엄마 제발 죽지 마!"

내가 엄마 팔을 잡으니까 손을 홱 뿌리치며 내 등을 소리 나게 때렸어.

"저리 안 꺼져? 내가 저 망할 년을 왜 낳았는지 몰라. 내 인생에서 가장 후회스러운 일이 널 낳은 거야."

엄마에게 괜히 낳았다는 말, 널 낳은 게 후회된다는 말을 듣고 자라는 아이들은 어떤 어른이 되는 것일까. 어떤 삶을 살게 되는 것일까. 나는 그 말을 들을 때마다 눈앞이 캄캄했어. 나에겐 앞날이 없는 것 같았어. 부모에게 환영을 못 받는 아이가 살 가치가 있을까. 난 태어나지 말았어야 했어.

난 내 이름 은서보다 '년'이란 말이 더 익숙해. 엄마는 걸핏하면 욕을 했어. 이년, 저년, 망할 년, 썩을 년이 내 이름 대신이었어. 엄마도 어릴 때 외할머니한테 욕을 많이 듣고 자랐대. 엄마는 자신이 이렇게 힘들게 사는 건 전부 나 때문이라고 했어. 이 망할 년아! 그냥 나가 죽어라. 꼴 보기 싫으니 집에서 나가. 이런 말이 예사였지. 나는 다 내 탓이란 말을 이해할 수가 없었지만 엄마가 그렇게 말하니 내가 진짜 나쁜 아이 같았어. 처음부터 태어나지 말아야 했는데 태어났으니까 나는 나쁜 아이였던 거야.

나는 물을 무서워했어. 어릴 때 엄마가 목욕을 시키다 숨도 못 쉬게 억지로 얼굴을 물속에 처박았기 때문이야. 내 얼굴에 상처가 나면 학교를 보내지 않았어. 마음에 안 들거나 화풀이할 일이 있으면 온몸이 멍들고 피 날 정도로 때렸어. 효자손이 다 부러질 정도로. 나는 세상에서 효자손이 제일 싫어. 눈에 띄면 감추기 바빴어.

하루는 술 취한 엄마가 엄마 친구와 통화하는 소리를 들었어.

"내가 은서 저걸 왜 낳았는지 몰라. 내가 내 발등을 찍었지. 실수였어. 은서 저년이 생긴 바람에 내 팔자를 망친 거야. 그 망할 인간하고 결혼한 건 다 은서 때문이야. 내가 왜 그런 실수를 했을까?"

실수라는 말이 칼날처럼 내 심장에 박혔어. 심장에서 피가 철철 흐르는 것 같았지. 엄마가 왜 나를 그렇게 미워하는지 그제야 알았어. 서준이는 엄마가 원해서 낳은 아이였고 나는 원하지 않았던 아이, 엄마의 발목을 잡은 실수였던 거야. 그런데 그게 내 잘못이었던 걸까.

우리 집 냉장고와 싱크대 안에는 술병이 가득했어. 베란다에는 빈 소주병이 나뒹굴었어. 엄마는 술 마실 이유가 헤아릴 수 없이 많았지. 스트레스를 받으면 마시고 힘들어서 마시고 불안해서 마시고 괴로워서 마시고 우울하고 슬프다고 마셨어. 아빠를 증오하며 마셨고 화나서 마셨지.

엄마는 술만 마시면 내게 트집을 잡았어. 불렀는데 내가 대답을 안 했다고 손이 퉁퉁 붓고 온몸이 빨갛게 부을 정도로 때렸어. 내 머리채를 잡거나 욕을 퍼붓곤 했어. 엄마가 소리를 지르면 심장이 죄어들고 목이 절로 움츠러들고 몸이 얼어붙었어. 나는 엄마의 화풀이 도구였어.

"이년아! 설거지 왜 안 했어? 키워 주는 값을 해야 할 거 아냐?

이 망할 년아!"

 퇴근하고 집에 온 엄마는 내가 설거지와 청소를 안 했다고 머리를 때렸어. 울면 운다고 때리고, 안 울면 아빠 닮아서 지독한 년이라며 때렸지.

 "이 망할 년아! 너만 안 태어났어도 내가 요 모양 요 꼬라지로 안 살았다. 내 인생 이렇게 좆 친 건 다 너 때문이야."

 엄마는 내게 리모컨을 집어 던지며 욕을 퍼부었어. 나는 속으로 엄마에게 외쳤어. 내가 언제 낳아 달라고 했어? 왜 마음대로 낳아 놓고 내 탓을 해? 왜 내 허락도 받지 않고 나를 세상에 나오게 했어? 나는 엄마에게 따지고 싶었어. 우리 엄마 아빠처럼 부모 자격 없는 사람들은 아이를 못 낳게 하는 법을 만들어야만 해. 부모 자격시험 통과한 사람만 아이를 낳아서 길러야 해.

 엄마가 밉기도 했지만 불쌍하기도 했어. 돈도 없고 혼자 힘으로 우리 둘을 키우는 게 두렵고 힘들어서 만만한 나한테 화풀이를 한다고 생각했어. 불안하고 무서워서 술을 마시는 거라 생각했어. 엄마마저 도망가 버리면 어쩌나 겁이 나서 엄마에게 대들 수가 없었어.

 6학년 때였는데 배가 너무 아파서 학교에서 구급차를 타고 응급실에 갔어. 엄마는 연락이 되지 않았지. 급하게 맹장염 수술을 받고 병실에 갔을 때 엄마가 술에 잔뜩 취한 채 나타났어. 병실에 있던 환자들과 보호자들이 혀를 끌끌 찼지.

나는 술에 취한 상태로라도 나타난 엄마가 고마웠어. 엄마가 나를 위해 와 주었구나, 아픈 나를 간호해 주기 위해 와 주었구나, 감격해서 울 뻔했지. 엄마가 와 준 것만으로도 감동했어. 엄마는 그날 딱 하루만 나타나고 내가 퇴원할 때까지 나타나지 않았지. 어른들만 있는 병실에서 나는 무서워 죽겠는데 엄마는 오지 않았어. 나는 밤마다 엄마가 와 주길 기다리며 울었어. 엄마는 내가 차라리 죽기를 바라는 게 아닌가 싶었어.

중학교에 입학하고 긴 머리를 단발로 잘랐어. 곱슬머리가 너무 보기 싫어서 엄마한테 말해도 되나 며칠을 고민하다 겨우 입을 뗐어.

"엄마! 나 매직 하고 싶은데, 돈 좀 줄 수 있어? 머리가 너무 엉망이야."

내 말이 떨어지기 무섭게 엄마는 효자손을 들고 머리를 세게 때렸어. 눈물이 찔끔 나도록 아팠어.

"뭐? 그 비싼 매직을 해 달라고? 이 썩을 년아! 정신 차려! 머리 그냥 묶고 다니면 되지. 매직 할 돈이 어딨냐?"

죽고 싶은 기분이 들었어. 진짜 죽어 버리면 좋겠다, 이렇게 혼잣말을 했는데 오해를 한 엄마가 버럭 소리를 질렀어.

"뭐? 이년이 방금 뭐라 했어? 니 엄마가 죽어 버리면 좋겠다고?"

"엄마한테 말한 거 아니야. 내가 죽고 싶다고! 서준이는 원하는 거 다 해 주고, 왜 나는 안 해 줘? 진짜 죽고 싶어!"

나는 너무 억울해서 엄마에게 소리를 질렀어.

"그래 죽어라! 이년아! 너 죽고 나 죽자."

갑자기 내 머리채를 잡더니 바닥에 질질 끌면서 머리를 쥐어뜯었어. 효자손으로 머리와 온몸을 때렸어. 나는 울면서 때리지 말라고 엄마에게 빌었어.

"뭐? 죽어라 키워 줬더니, 뭐? 매직? 호강에 겨워서 그 비싼 매직을 해 달라고?"

엄마는 닥치는 대로 물건을 던지고 뺨을 때리고 머리채를 잡고 마구 흔들었어.

"엄마! 제발 좀 그만 때려!"

"매직? 매직 같은 소리 하고 자빠졌네. 지랄하지 마! 설거지나 똑바로 해! 동생 공부나 시키고 집 청소나 잘해. 그런 게 맏이의 의무야. 싫으면 집 나가!"

집 청소나 하고 동생 공부나 시키는 게 내 의무라니! 그건 옛날 하녀나 가정부가 하던 일 아닌가? 엄마는 분이 안 풀리는지 발로 차고 집에서 나가라고 소리를 질렀어. 나는 너무 분하고 서러워서 엉엉 울었어.

"우는 연기 하지 마. 거짓말하는 거 다 알아."

아무리 잘못했다고 빌어도 엄마의 화는 풀리지 않았어. 핸드폰을 들고 화장실에 들어가 문을 잠갔어. 엄마가 문을 부술 듯 두드렸어.

"이 문 안 열어? 안 열면 죽는다!"

엄마가 망치로 손잡이를 쾅쾅 쳤어. 문틈 사이로 식칼 끝이 보이는 거야. 소름이 오싹 끼쳤어. 너무 무서워서 경찰에 신고했어. 30분 뒤에 여자 경찰과 남자 경찰이 왔어. 경찰 앞에서도 엄마는 눈 하나 깜짝하지 않았지.

"내가 언제 널 때렸어? 거짓말하지 마! 이게 어디 엄마를 신고해? 네년이 인간이야?"

엄마는 경찰이 있는 앞에서도 나를 때릴 기세였어. 엄마 또래의 여자 경찰이 황급히 엄마를 말렸어.

"어머니! 아이한테 그러시면 안 되죠. 이건 명백히 아동학대입니다."

"아동학대 좋아하시네. 내 딸 내가 가르치는데 당신이 뭔 상관이야? 알았으니 돌아가세요!"

엄마는 여자 경찰에게 소리를 빽 질렀어. 술을 마신 엄마는 하느님이 와도 말릴 수가 없어. 한참 실랑이를 벌이던 경찰들도 두 손 두 발 다 든 표정으로 가 버렸어. 경찰이 간 뒤 신고했다고 나를 때릴까 봐 집을 몰래 빠져나왔어. 친구에게 연락해서 재워 달라고 부탁했어. 친구 부모님 눈치가 보였지만 갈 데가 없었어.

친구 집에서 자고 있는데 새벽에 카톡으로 엄마에게 연락이 왔어.

이 배은망덕한 년아! 넌 이제 내 딸이 아니다. 다신 집에 들어오지 마. 기어 들어오면 죽을 줄 알어! 이제 네가 벌어서 먹고살아. 난 너 책임 안 져.

나는 그날 밤 뜬눈으로 밤을 지새우다 아침 일찍 집에 들어갔어. 엄마는 술에 곯아떨어져 세상모르고 자고 있었어.

중1 겨울 방학 때 초경이 시작되었어. 겁이 나기도 하고 기분이 묘했어. 엄마와 나눌 비밀이 생겨서 뿌듯한 기분이 들기도 했어. 이제 초경이 시작되었으니 엄마가 나를 조금은 다르게 생각해 주겠지, 존중해 줄 거야, 그런 기대를 했어. 엄마에게 초경을 했다고 용기 내서 말했어.

"하이고! 꼴에 여자가 됐다, 이 말이네. 남자 조심해. 알았어? 남자는 다 늑대야. 그나저나 그 비싼 생리대 값을 어떻게 감당하냐?"

나는 방으로 조용히 들어와 책상에 얼굴을 파묻고 울었어. 축하한다는 말을 해 줄 거라고는 기대도 안 했어. 어떻게 초경을 시작한 딸에게 그런 말을 할 수가 있냐고. 다른 아이들은 축하 선물을 받거나 가족들이 근사한 파티를 해 준다는데. 생리대 살 돈 걱정이나 하는 엄마라니, 말문이 턱 막혔어. 작년에 생리를 시작한 내 친구 유주는 가족들과 근사한 레스토랑에 가서 스테이크 먹었다고 자랑했어. 축하 꽃다발에, 용돈에, 축하 카드를 받았다고 자랑하던 그 애가 부러웠어.

누군가 억울함과 섭섭함, 서러움에 대해서 말해 보라고 하면 나만큼 할 말이 많은 사람이 있을까. 나는 그 감정이 어디에서 싹이 터서 어떻게 쑥쑥 크는지 속속들이 말할 수 있어. 비교와 차별이라는 거름을 먹고 자라는 무서운 감정, 마지막에는 분노로 변해 그 사람을 질식시키는 감정이야. 내가 무엇보다 참기 힘든 건 차별이었어.

엄마가 나만 혼내고 때리고 욕하는 것을 보고 자란 동생도 나를 대놓고 무시했어. 엄마가 퇴근하면 내가 맞아야 할 이유를 만들어서라도 고자질했지. 동생은 자기 말을 안 들으면 엄마에게 이르겠다고 협박까지 했어. 엄마는 무조건 동생 말만 듣고 나를 때렸지.

엄마는 나를 본척만척 무시하거나, 화장실 문을 일부러 세게 닫거나, 나를 째려보면서 욕을 퍼붓곤 했어. 문을 쾅쾅 닫거나 싱크대 문을 부술 듯이 여닫거나 물건을 집어 던지는 게 엄마가 하는 말이었어. 동생은 무슨 짓을 해도 용서해 주고 나는 조금만 잘못해도 욕을 하거나 손찌검을 했지.

하루는 동생이 라면을 끓여 먹고 식탁 위에 그대로 놔둔 적이 있었어. 동생은 자기가 뭘 먹고 설거지나 쓰레기 정리를 하는 법이 없어.

"하서준! 빨리 그릇 치워! 설거지 안 하면 엄마가 혼낸다고. 빨리 치워!"

너무 짜증이 나서 동생에게 소리를 질렀어. 동생은 들은 척도 않고 게임만 했어. 그릇을 식탁 위에 그대로 두었더니 아니나 다를까 퇴근한 엄마가 집에 들어서자마자 소리를 빽 질렀어.

"이 썩을 년아! 설거지 왜 안 했어?"

"서준이가 먹은 거잖아. 왜 나한테만 맨날 설거지하래? 자기가 먹은 건 자기가 치워야지. 엄만 왜 서준이한테는 설거지 안 시키는데?"

"이년아. 니가 서준이하고 같아? 내가 뼈 빠지게 벌어다 주는 돈으로 먹고사는 주제에. 그럼 앞으로 네가 벌어서 먹고살어. 이게 키워 준 공도 모르고. 어디서 말대꾸야?"

엄마는 내 얼굴에 더러운 걸레를 휙 집어 던지며 소리를 질렀어.

"아들만 귀해? 아들은 설거지하지 말라는 법이 있어? 지금이 조선 시대야?"

"이 망할 년아! 집안일하는 게 그리도 억울하냐? 설거지도 안 할 거면 나가! 네 잘난 아빠한테 가. 넌 아빠한테 갔으면 진즉에 굶어 죽었다. 나도 네년 키우기 싫으니까, 나가!"

나는 아빠한테 보낸다는 말이 제일 무섭고 싫었어. 엄마는 아빠를 개망나니, 개 같은 놈, 악마 같은 놈이라고 맨날 욕을 했거든. 어떻게 그런 아빠랑 살 수 있겠어? 나는 아무 말도 못 하고 엄마에게 잘못했다고, 앞으론 설거지 잘하겠다고 했어. 나랑 엄마랑 싸우고 있으니 동생은 혀를 쏙 내밀며 약을 올렸지. 엄마가 제 편을 들어 주니까 서준이는 누나를 발뒤꿈치 때만도 못하게 취급했어.

동생하고 싸워서 집에서 쫓겨난 적도 있었어. 동생이 하도 나를 놀리고 깐죽거리길래 참을 수가 없었어. 동생을 한 대 때렸다가 내가 더 맞았어. 그런데도 엄마는 동생 말만 듣고 내 꼴 보기 싫다며 한겨울인데도 나를 내쫓더니 문을 열어 주지 않았어. 나는 갈 데가 없어서 놀이터에서 오들오들 떨었어. 차가운 놀이터 시소에 앉아서 불이 켜진 우리 집을 올려다보았어. 콱 죽고 싶다는 생각만 들었어.

공부는 그런대로 잘했어. 엄마가 나를 인정해 줄 거라 믿고 이 악물고 공부했어. 학원도 안 가고 반에서 1등을 했으니까. 동생은 조금만 성적이 올라도 원하는 걸 다 사 주면서 내게는 칭찬 한마디 없었어. 나는 엄마가 그럴수록 억울해서 더 기를 쓰고 공부를 했어. 그러다 전교 1등까지 하니까 선생님이 나한테 반장 선거에 나가 보라고 했어. 처음으로 노력을 인정받은 순간이었어. 솔직히 너무 반장이 되고 싶었어. 나를 인정해 주는 사람도 있구나 싶어 뿌듯했어. 이번엔 엄마도 기뻐해 줄 거라 기대했어.

"뭐? 니 주제에 무슨 반장? 놀고 자빠졌네. 니가 반장 하면 다른 엄마들에게 밥도 사야 하고 커피도 사야 해. 돈이 썩어나는 줄 알아? 난 돈 없어. 그딴 거 절대 하지 마!"

엄마는 단칼에 무 자르듯 내 희망을 꺾어 버렸어. 우리 집 형편이 어려우니 네가 이해해라. 이렇게 말할 수도 있었을 텐데. 나는 결국 출마하지 못했어. 선생님이 이유를 묻길래, 친구들에게 인기도 없고 그냥 자신 없어서 하기 싫다고 둘러댔어.

엄마는 돈이 없다고 노래를 하면서도 서준이가 갖고 싶다는 게 있으면 무엇이든 사 주곤 했어. 비싼 게임기, 아이패드에다 에어팟도 사 줬지. 내 핸드폰은 액정이 다 부서졌는데도 그냥 쓰라고 하고 서준이는 최신형 아이폰으로 바꿔 준 거야. 나는 학원 한 군데도 보내 준 적이 없는데 서준이한테는 과외까지 시켜 주고. 맨날 돈 없다 노래를 하는 엄마가 맞나 싶었어.

나는 가끔 배꼽을 보면 엄마를 생각해. 나는 다리 밑에서 주워 온 아이도 아니고, 하늘에서 뚝 떨어진 아이도 아니잖아. 내가 엄마에게서 나왔다는 증거가 바로 배꼽이야. 내 몸에서 엄마와 연결되었던 유일한 흔적이 배꼽이야. 엄마가 나를 떠나도 내가 엄마에게서 왔다는 증거가 배꼽이야. 나란 존재는 엄마로부터 시작되었고 엄마에게서 왔어. 그러니까 이렇게 배꼽이 있는 거잖아. 내가 엄마에게서 온 엄연한 증거가 있는데, 나는 엄마의 딸인데 왜 엄마는 나를 사랑하지 않는 걸까.

엄마는 늘 죽겠다고 협박하는 게 일이었지. 그 소리만 들으면 심장이 죄어들었어. 엄마는 죽고 싶다며 깡소주를 비우면서 통곡했어. 그런 엄마가 불쌍하기도 하고 너무 밉기도 했어. 사실 엄마보다 더 죽고 싶은 건 나였는데, 엄마는 그걸 알아채지도 못했고 알려고도 하지 않았으니까. 내 마음이 어떤지, 내 상태가 어떤지 엄마는 전혀 관심이 없었으니까.

엄마는 내가 입을 옷이 없다고 사 달라고 해도 들은 척도 하지 않았어. 생리대 사야 한다고 해도 돈 없다고 할 때도 있었어. 입고 나갈 옷이 없는데도 그냥 다니라고 하고 신발이 떨어져도 사 주지 않았지. 친구들은 매일 같은 옷을 입고 다니는 나를 무시했어. 내 신발을 보고 거지도 안 신겠다면서 빨리 내버리라고 했어. 친구들 앞에서는 아무렇지 않은 듯 웃었지만 부끄러워서 미칠 것 같았어.

어느 날 헌 옷 수거함 위에 버려진 뉴발란스 신발을 보고 눈이 번쩍 띄었어. 남이 주워 갈까 봐 얼른 가져와 신어 보았어. 좀 낡고 컸지만 내가 신고 싶었던 브랜드라 잘됐다 싶었어.

"이거 뭐야? 너 이거 어디서 난 거야?"

엄마가 대뜸 소리를 질렀어.

"헌 옷 수거함 위에 있었어. 꽤 좋은 거야."

"야! 이 빌어먹을 년아! 니가 거지야? 왜 남이 버린 걸 주워서 신어?"

엄마가 신발을 내동댕이치며 소리를 질렀어.

"엄마가 안 사 줬잖아! 사 달라 한 적이 언젠데? 떨어진 걸 어떻게 신고 다녀?"

"이년이 뭐 잘했다고 말대꾸야?"

엄마가 내 뺨을 세게 때렸어. 너무 분하고 억울했어. 예전에는 엄마에게 욕을 들어도, 맞아도 참고 지냈는데, 그날은 너무 억울해서 가슴이 터질 것 같았어.

나에게도 중2병이 찾아왔는지 모든 게 짜증스러웠어. 불안해지고 가슴이 답답해지고 숨이 잘 안 쉬어졌어. 스트레스를 받으면 가슴이 답답하고 숨도 쉬기 어렵고 몸이 떨렸어. 하루하루 기분이 안 좋고 우울하고 가슴이 답답하고 불안해졌어.

조용히 사라지고 싶다는 생각만 들었어. 식구들이 없을 때면 어떻게 세상에서 사라질까 늘 궁리를 했어. 길을 가다 높은 데를 올려다보면서 저 높은 데서 떨어지면 얼마나 아플까 생각했어. 하지만 너무 무섭고 겁이 나기도 했어.

마음 한구석엔 살고 싶다는 느낌도 있었지. 누구한테 도움을 요청하고 싶지만 주변에 사람이 없었어. 마음 터놓고 이야기할 친구도 없고 선생님에게도 말할 수가 없었어. 다른 사람도 아니고 엄마가 학대한다는 걸 말하기가 너무 부끄러웠어. 내 얼굴에 침 뱉는 짓 같았거든. 누구에게 말할 사람도, 의지할 사람도 없었어.

병원에 가서 상담을 받아 보고 싶은데 엄마에게 말 꺼내기도 무서웠어. 당연히 돈이 어디 있냐고 욕을 퍼부을 테니까. 이러다 정말 언젠간 큰일을 낼 것 같았어. 마음속에 화가 쌓여 참을 수가 없어서 틈만 나면 몸에 상처를 내고 벽에 머리를 쿵쿵 박기도 했어.

현관문을 여니 술 냄새가 확 끼쳤어. 초저녁인데 거실 바닥에 소주병이 세 병이나 나뒹굴고 있었어. 새우깡이 거실 바닥에 흩어져 엉망이었어. 엄마는 흐리멍덩한 눈으로 나를 힐끗 쳐다보다 바닥에 닿을 듯 고개를 수그렸어. 갑자기 엄마가 머리를 번쩍 들더니 나를 무섭게 노려보았어. 심장이 쿵 내려앉았어.

"야! 이 망할 년아! 너 이리 좀 와 봐."

엄마는 또 내게 시비를 걸 기세였어.

"엄마, 제발 술 좀 그만 마셔."

"내 돈으로 마신다. 이년아! 니가 무슨 상관이야. 내가 왜 술 마시는 줄 알고 지랄이야? 너 따위 년이 내 맘을 알긴 알아?"

"왜 마시는데?"

"이게 다 망할 년, 네년 때문이야. 내 팔자 망친 네년 꼬라지 보기 싫어서 마신다. 돈 한 푼 없고 속에 천불이 나서 마신다. 왜?"

"엄마가 마시고 싶어서 마시면서 왜 나 때문에 마신다는 건데?"

"왜 너 때문이 아니야? 네년이 안 생겼으면 내 팔자가 이렇게 되지도 않았어! 전부 너 때문이야. 이 망할 년아!"

나는 또 내 탓을 하는 엄마가 너무 원망스러웠어.

"내가 언제 엄마한테 낳아 달라고 빌었어? 나도 엄마 딸 하고 싶지 않아. 죽어도 엄마 딸 하기 싫어. 진짜 지긋지긋해."

"뭐가 어쩌고 어째? 이년이 진짜 죽고 싶어서 환장을 했네."

엄마의 눈빛이 확 달라졌어. 살기 어린 눈빛에 심장이 얼어붙었어.

"죽어! 이 썩을 년아!"

엄마는 소주병을 집어 들더니 냅다 내 머리를 퍽 내리쳤어. 유리 파편이 사방으로 튀었어. 소주와 깨진 유리가 내 머리로 흘러내렸어. 몸이 두 쪽으로 쩍 쪼개지는 기분이었어. 너무 놀라서 비명도 나오지 않았어. 유리 파편에 베였는지 이마에서 피가 뚝뚝 떨어졌어. 아픈 줄도 몰랐지. 과연 이 사람이 진짜 내 엄마인가 싶었어. 마시던 소주병으로 딸의 머리를 내리치는 엄마라니. 이건 딸을 죽이겠다는 거잖아. 나더러 죽으라는 거잖아. 내가 살아서 뭐 하겠어. 난 살 가치가 없는 아이였어.

화장실에서 울다가 나와 보니 엄마가 소파에서 코를 골며 자고 있었어. 딸을 소주병으로 내리친 엄마가 일그러진 얼굴로 술에 취해 곯아떨어져 자고 있었어. 사랑을 알지 못하는 불쌍한 엄마를 내려다보았어. 내가 이 사람에게서 왔다는 사실이 끔찍하고 무서웠어. 거실 바닥에 떨어진 핏자국이 마치 붉은 꽃잎처럼 비현실적으로 보였어. 난장판이 된 거실을 말끔히 청소해 놓고 집을 나왔어. 막상 가출했지만 갈 데가 없었어.

엄마라는 말은 뭘까? 나 좀 돌봐 줘, 혼만 내지 말고 내 머리를 쓰다듬어 줘. 내가 잘했든 잘못했든 내 편이 되어 줘. 아프고 힘들 때 나를 안아 줘. 그 말이 엄마라는 말이 아닐까. 놀라도 엄마! 무서워도 엄마! 아파도 다들 엄마를 부르잖아. 엄마, 배고파! 엄마, 무서워! 엄마, 추워! 엄마, 안아 줘! 엄마, 아파! 엄마는 무조건 내 편이니까. 무슨 일이 생기면 무조건 엄마를 부르는 거잖아.

그런데 세상에는 자기 아이를 끔찍하게 미워하는 엄마도 있어. 자기가 낳은 아이를 사랑하지 않는 엄마도 있어. 그런 사람이 바로 우리 엄마였어. 이건 말이 안 되는 거잖아.

엄마가 한없이 미운데도, 울면서도 엄마를 불렀어. 거리를 지나가는 사람들이 나를 쳐다보는데도 아랑곳하지 않고 울면서 거리를 쏘다녔어. 나는 놀이터 시소에 앉아 불이 켜진 우리 집을 마지막으로 올려다보았어.

나는 그날 밤 아파트 복도 난간으로 기어오르면서 엄마를 수없이 불렀어. 나를 잡아 달라고, 제발 잡아 달라고, 무섭다고 엄마를 불렀어. 난간에서 떨어지는 순간 내 입에서 나온 마지막 한마디 말은 엄마였어.

"엄마! 엄마아!"

내 목숨이 사라지는 순간까지 마지막으로 부른 이름 하나, 바로 엄마였어.

넌 아무 잘못이 없어

 은서의 이야기가 끝났다. 로운은 눈물을 즐줄 흘렸다. 귀신이 되어서도 눈물을 흘릴 수 있다는 게 신기해서 나는 로운을 멍하니 쳐다보았다. 감촉은 못 느끼는데 왜 눈물은 나오는 걸까? 귀신이 되었는데, 어떻게 눈물이 나오는 거지? 아직도 알쏭달쏭한 저승 시스템에 적응이 안 된다.

 현성이는 고개를 돌리고 팽나무만 올려다코았다. 은서가 너무 안쓰러웠지만 나는 멀뚱히 서 있기만 했다. 나만 공감 능력이 제로인가 보다.

 "그만 울어."

 은서가 로운을 위로하듯 말했다. 은서가 로운의 누나처럼 보였다. 눈물을 쏟던 로운이 쑥스러운 표정으로 울음을 그쳤다.

 "내 이야기 듣고 울어 주는 사람이 있다니! 정말 신기해."

 "얼마나 힘들었을까? 은서 너, 정말 힘들었겠다. 난, 세상에서 우리 엄마가 제일 이상한 사람인 줄 알았는데……."

현성이 은서를 쳐다보며 말했다.

"난 태어나지 말았어야 했어."

은서가 한숨을 푹 내쉬며 말했다.

"자식은 부모를 선택할 수 없어. 넌 아무 잘못이 없어. 넌 그냥 운이 나빴던 거야. 세상에는 아주 이상한 부모도 있어. 자기 자식인데도 사랑하지 않는 부모들도 있어. 나도 그랬으니깐."

현성이 담담한 얼굴로 말하자 은서가 현성을 빤히 쳐다보았다. 엄마에게 단 한 번이라도 존재 그 자체로, 인정받고 사랑받기를 원했던 아이. 뭘 잘하든 못하든, 실수해도, 넘어져도 괜찮다는 말을 듣고 싶어 했던 아이. 엄마가 한 번이라도 손을 잡아주었다면 이 아이는 납골당에 오지 않았을 것이다.

은서는 새끼 고양이를 품에 안고 털을 쓰다듬었다. 고양이가 가르랑거리며 은서의 손을 핥았다. 귀신이라 촉감을 느낄 수도 없는데 고양이를 왜 쓰다듬나 싶었다. 이 임시 저승은 이상한 게 한둘이 아니다. 내 손에는 막대기나 돌멩이 하나 집히지 않는데, 은서는 고양이를 안고 쓰다듬고 있었다.

"너, 고양이 털 촉감이 느껴져?"

"아니."

내가 묻자 은서는 고개를 저었다. 역시 나만 촉감을 못 느끼는 게 아니었던 것이다.

"그 고양이도 죽은 고양이지? 근데, 저승에 고양이가 있다니 진짜 신기하네."

현성이 말했다.

"이 고양이, 엄마에게 버려져서 죽었어."

"그걸 어떻게 알아?"

로운이 물었다.

"마음으로 들으면 알 수 있어."

"마음? 마음으로 어떻게 듣는데? 마음에 귀가 있는 것도 아니고? 너 초능력자냐?"

내가 피식 웃으며 말했다.

"왜 없어? 마음에도 귀가 있어. 눈을 감고 귀 기울이면 나무들의 말, 동물들의 말, 풀들의 말, 벌레들의 말, 바람의 말도 들을 수 있어."

"와! 너 책 좋아한다더니, 상상력 완전 짱이다. 초능력자 귀신이네."

나는 은서가 허풍이 심하다고 생각하면서도 엄지손가락을 추켜세웠다.

"너무 무섭고 외로워서 이 고양이에게 먼저 다가갔어. 친구끼리는 서로 통하는 게 있거든. 텔레파시가 통해. 아픈 것들끼리는 서로 알아볼 수 있어."

"그건 맞아. 친구끼리는 통하는 게 있지."

현성이 이해한다는 듯 고개를 끄덕였다.

"고양이 한 번 만져 봐도 돼?"

로운이 조심스럽게 손을 뻗으며 은서의 허락을 구했다.

"당근이쥐! 근데 털 감촉은 못 느낄 거야."

은서가 대답했다. 로운이 고양이를 쓰다듬었다. 로운이 손에 머리를 비비던 고양이는 눈을 지그시 감았다 떴다.

"로운 오빠가 마음에 든대."

은서가 로운을 쳐다보며 말했다. 로운이 미소를 지었다.

"나, 고양이 진짜 좋아했어. 엄마가 털 알레르기가 있어서 못 키웠거든. 나만 없어 고양이!"

로운의 농담에 다들 와자하게 웃었다. 혼자 있으면 웃을 일이 없는데 여럿이 있으니까 작은 농담에도 웃을 수 있어서 좋았다.

"근데 수호 오빠는 왜 뱀이 두 마리야? 우린 전부 한 마린데? '청소년 자살단' 대장이야?"

책을 많이 읽어서 그런가, 은서는 표현력이 남달랐다.

"뭐? 청소년 자살단?"

"와! 은서 정말 재밌다!"

은서의 말에 로운과 현성이 소리 내 웃었다. 나도 왜 나만 뱀이 두 마리인지 무척 궁금했다.

"몰라! 아 씨! 그만 쳐다봐. 나도 그게 궁금해서 미치겠어. 나만 뱀이 두 마리라서 부럽냐? 한 마리 떼 줘?"

"노! 노!"

"싫어. 형!"

내 말에 은서와 로운이 손을 내저으며 뒤로 물러섰다.

"사양할게. 내가 좀 겸손해서 말이야."

늘 진지한 현성이까지 한마디 거들자 로운이와 은서가 소리 내 웃었다.

"여어! 분위기 겁나 좋은데!"

마치 염탐을 하고 있었던 것처럼 최녹사가 갑자기 나타났다. 무려 천오백 살이나 잡수신 최녹사가 요즘 사람들이 쓰는 '겁나' 란 단어를 사용하다니. 하여간 이 임시 저승은 너무 뒤죽박죽이다.

"사장님! 놀래키는 게 취미예요? 왜 맨날 갑자기 나타나는데요?"

"정수호! 귀신이 놀랄 일이 뭐가 있냐? 너드 귀신이 되었으면 이제 저승 시스템에 적응을 해야지."

최녹사와 내가 티격태격하는 것을 보고 아이들이 웃었다. 아이들 얼굴이 이렇게 밝아질 수도 있다니 신기했다. 어쩌면 가슴을 꽉 채우고 있던 엉킨 털실 뭉치 같은 이야기들을 다 꺼내 놓았기 때문이 아닐까. 나도 내 이야기를 털어놓으면 저렇게 가벼워질까. 이제 그 시간이 점점 다가오고 있었다. 제대로 이야기를 꺼낼 수 있을지 여전히 두렵다.

"어느새 세 아이나 만났구나. 이제 이틀 남았다. 건투를 빈다. 잘해 봐."

최녹사는 그 말을 남기고 눈 깜짝할 새 사라져 버렸다. 나는 왜 내 머리에만 뱀이 두 마리냐고 물을 기회를 놓쳤다. 물어도 시치미를 뗄 게 뻔했지만.

늙은 팽나무는 뱀 머리 아이들의 아지트가 되었다. 책을 많이 읽은 은서는 팽나무를 '나의 라임 오렌지 나무'라고 불렀다. 징그러운 뱀 머리 귀신들이 모인다는 소문이 났는지, 귀신들이 팽나무 주위엔 얼씬도 하지 않았다. 뱀 머리 귀신끼리 몰려 있으니 다른 귀신들도 무서운지 접근을 하지 않았다.

은서가 '청소년 자살단'이라고 농담했듯이 우리는 스스로 목숨을 끊었다는 공통분모가 있었다. 머리에 징그러운 뱀이 달린 아이들이 가족보다 더 가족 같아지다니, 신기했다. 어쩌면 같은 슬픔과 같은 상처 때문인지도 몰랐다. 같은 상처를 겪은 아이들이 옆에 있다는 것만으로도 위로받는 느낌이 들었다.

팽나무 아래서 기다렸지만 채은은 나타나지 않았다. 채은에게 이야기를 하고 싶으면 언제든 팽나무로 찾아오라고 했는데 까먹은 것일까. 채은의 이야기를 못 듣는다면 지금까지 했던 모든 일이 수포로 돌아가는 셈이었다. 무슨 일이 있어도 보름달이 뜨기 전 이 숙제를 끝내야 했다.

"그냥 이렇게 기다리고만 있어야 해? 그 언니 언제 와? 오긴 오는 거야?"

마냥 기다리는 게 지루한지 은서가 물었다.

"왜 아직도 안 나타날까? 큰 바위 뒤에 찾아가 볼까? 거기 없을지도 모르겠지만?"

내 말에 현성은 심각한 표정으로 나를 쳐다보았다.

"그래. 찾아가 보자."

현성의 말에 모두 자리에서 일어섰다. 붉은 뱀 머리 귀신들이 한 줄로 걸어가자 귀신들이 무슨 구경난 듯 몰려와 쳐다보았다. 그중에는 로운을 쫓아왔다가 나를 때린 귀신도 있었다. 그는 우리에게 여전히 쌍욕을 하며 소리를 질렀다. 우리는 주변 귀신들이 뭐라 하든 말든 개의치 않고 본관 뒤편으로 갔다. 큰 바위 뒤쪽으로 가 보았지만 채은이는 보이지 않았다.

"얘 어디 갔지?"

내 말에 현성이 난처한 표정을 지었다.

"우리가 찾아올까 봐 어디 숨어 버린 것 같은데?"

"숨은 애를 어떻게 찾지? 뭐 좋은 생각 없어?"

나는 아이들을 둘러보며 말했다.

"시간이 없으니까 흩어져서 찾아보는 게 좋겠어."

뜻밖에도 혼자 다니는 것을 가장 꺼릴 듯한 로운이 의견을 냈다.

"너 혼자 괜찮겠어? 그 조폭 만나면 어쩌려고?"

현성이 걱정스러운 눈빛으로 물었다.

"맞아도 안 아프다고 했잖아? 나도 귀신인데 뭐가 무섭겠어?"

로운이 바위를 세게 치며 말하자 모두 웃었다. 이로운이 아니라 새로운이라고 불러 주고 싶었다.

"하긴, 우리는 귀신이 무서워하는 뱀 귀신들이지. 채은이 찾은 사람은 팽나무 아래로 와서 기다리고 있어. 은서야, 넌 팽나무에 올라가서 기다리고 있으면 되겠다."

내가 말을 마치자마자 아이들은 일제히 흩어졌다. 왜 백채은은 팽나무로 오지 않는 것일까? 흉측한 뱀을 머리에 단 채로 영원히 원귀가 되어 지내겠다는 말인가. 이상한 아이였다. 무슨 말 못 할 사연이 있기에 숨어 버렸을까. 무슨 일이 있어도 채은을 찾아 이야기를 들어야 했다. 오늘 밤이 가기 전에.

나는 그동안 아이들을 찾아다니느라 천사의 정원 구석구석을 훤히 꿰고 있었다. 35만 평이나 되는 천사의 정원은 너무 넓어서 마음만 먹으면 숨을 데가 한두 곳이 아니었다. 로열관 1층에서 3층까지 샅샅이 훑었다. 그다음에는 납골당 직원들이 상주하는 관리동 건물도 뒤지고 본관 구석구석도 찾아다녔다. 창고로 개조한 본관 건물 지하까지 찾아보았으나 채은은 보이지 않았다.

혹시 오늘 밤 안에 채은을 못 찾는 건 아닐까. 나는 고개를 흔들었다. 마침 신관 건물을 나오는 로운이와 마주쳤다.

"어디 숨었는지 코빼기도 안 보여."

"힘을 합쳐서 찾고 있으니까, 꼭 찾을 거야. 형! 그 누나 꼭 찾아서 독수리 5남매를 결성하자."

로운이 눈을 찡긋하며 농담했다. 로운이가 이렇게 밝은 아이였나.

"이야! 로운이 너 독수리 5형제 알고 있네."

"우리 아빠가 독수리 5형제 광팬이었어. 만화도 본 적 있는데?"

"어! 우리 아빠도 팬이었어. 독수리 5남매! 완전 좋지!"

내 말에 로운이가 활짝 웃었다. 로운이가 수목장 쪽으로 향하는 뒷모습을 잠시 쳐다보다 뒤돌아섰다.

귀신들이 분수대가 있는 만남의 광장에서 노래를 부르며 춤을 추고 있었다. BTS와 블랙핑크의 노래를 부르는 귀신도 있고, 트로트를 부르는 귀신도 있었다. 지난번에 본 성악가 귀신도 목청을 높여 노래를 부르고 있었다. 눈에 보이지도 않는 공을 차는 귀신들도 보였다. 임시 저승에서 마음 놓고 쉬지 못하는 귀신은 머리에 뱀이 달린 우리뿐이었다.

어쩌면 채은은 누구의 눈에도 띄지 않는 곳, 귀신들이 오지 않는 곳에 숨어 있을지도 몰랐다. 천사의 정원 앞에는 넓은 호수가 있었다. 지금까지 천사의 정원 앞에 있는 호수 쪽으로는 한 번도 가 보지 않았다. 혹시 채은은 귀신들을 피해 그곳으로 간 것이 아닐까. 나는 호수 쪽으로 걸음을 옮겼다.

 커다란 은빛 풍선 같은 달이 높이 떠오르고 있었다. 내일이면 보름이었다. 무슨 일이 있어도 오늘 밤에 백채은을 찾아내야 했다. 마음이 급했다. 호수에 비친 달빛이 눈부셨다. 반짝이는 별빛과 달빛을 품은 호수는 더없이 아름다웠다.

 호숫가 벤치에 누군가 앉아 있었다. 가까이 다가가 보니 머리에 붉은 뱀이 혀를 날름대고 있었다. 드디어 마지막 보물찾기에 성공한 것이었다. 나는 춤이라도 추고 싶은 기분이었지만 마음을 겨우 가라앉혔다.

 "백채은! 여기 있었네?"

 채은은 눈이 휘둥그레져서 나를 쳐다보았다.

 "야! 저리 가!"

 "잠깐만 이야기 좀 해."

 "내가 여기 있는 줄 어떻게 알았어?"

 채은이 얼굴을 찌푸리며 말했다.

 "난 귀신이잖아. 귀신같이 찾았지."

 내 말에 채은이 어이없다는 듯 피식 웃었다. 채은이 달아나지 않는 것만 해도 다행이라고 생각했다. 어쩌면 채은은 누군가 자신을 찾아 주길 기다린 건 아니었을까.

 "지금 애들이 너 찾느라 정신없어."

 "애들 누구? 그 키 크고 잘생긴 애 말고 또 누구 더 있어?"

역시나 현성이는 잘생긴 얼굴이 이름 대신이었다.

"그래. 키 크고 잘생긴 현성이, 하은서, 로운이 다 널 찾고 있다고. 그 애들은 다 자기 이야기를 했어. 이제 너만 하면 돼. 시간이 없어. 내일 보름달이 떠. 내 이야기를 그때까지 다 마쳐야 해. 그러니까 오늘은 네 이야기를 꼭 해 줘. 제발 부탁이다. 응?"

"그러거나 말거나 무슨 상관인데? 뱀을 떼 내든 말든 관심 없거든. 그리고 왜 억지로 내 이야기를 해야 하는데? 싫어."

채은이 너무 얄미웠다. 지금까지 아이들 하나하나 찾아낸다고 얼마나 고생했던가. 너 때문에 다 망쳤다고, 물어내라고 한바탕 생떼를 쓰고 싶었다. 하지만 시작한 숙제는 끝내야 했다. 어떤 일이 있어도.

"나도 애들 앞에서 내 이야기 하긴 싫어. 내가 너무 멍청하고 바보 같고 한심해서. 너무 수치스럽고 끔찍해. 근데, 이상하게 애들이 자기 이야기를 하고 난 뒤부터 확 달라졌어. 자살한 애들이 맞는가 싶어."

"달라져? 어떻게? 뱀이 사라졌어?"

채은이 호기심 어린 눈빛으로 물었다.

"세상에서 가장 무거운 짐을 지고 있는 아들 같았는데, 뭔가 달라졌어. 흐릿하고 어둡던 애들이 빛이 나. 무거운 바위에 깔려 있다가 빠져나온 것 같아. 만나 보면 알 거야."

"거짓말하는 거 다 알아."

"헐! 난 그냥 네가 애들, 아니 나 생각해서 이야기 좀 했으면 좋겠어서……. 난 이 끔찍한 뱀이 하나도 아니고 두 마리야. 미치겠다고. 채은아! 이렇게 부탁 좀 하자."

나는 싹싹 비는 필살기를 꺼냈다. 채은이 어이없다는 표정을 지었다. 한참 동안 말없이 호수만 쳐다보았다. 바람이 불자 달빛에 물든 은빛 물결이 일렁였다. 나는 애가 바짝바짝 탔다. 시계 초침 소리가 째깍째깍 들리는 것 같았다. 제발! 제발! 이야기한다고 해 줘!

"대신 조건이 있어."

"무슨 조건?"

"난 한 명 앞에서만 말하고 싶어."

나는 잠시 멈칫했다.

"왜?"

"여럿이 있는 데서는 내 얘기를 하고 싶지 않아."

아이들이 지금 팽나무 앞에서 마음을 졸이며 기다리고 있을 것이다. 채은이를 찾았다고 말해 주어야 할 것 같았다. 핸드폰만 있다면 바로 연락할 수 있을 텐데. 저승에서도 핸드폰이 없어서 불편할 줄이야.

이 자리를 떠날 수도 없었다. 귀신이면 귀신같이 뭐든 할 수 있을 줄 알았는데 불편한 게 한둘이 아니다. 이 자리를 떠나는 순간 채은의 마음이 변해 이야기하지 않을 수도 있었다. 마음이란 건 순식간에 바뀌기 마련이니까. 마음은 바람과 같아서 방향을 어디로 바꿀지 모른다.

　어떻게 해야 할까. 어떤 선택이 아이들과 채은을 위하는 걸까. 이렇게 이야기를 하겠다고 큰 결심을 한 순간을 놓칠 수는 없었다. 무슨 일이 있어도 들어 주어야 할 순간이었다.

　"그래. 알았다. 알았어. 지금 이야기해. 들을게."

　내 말에 채은이 고개를 끄덕였다. 채은이 이야기를 시작하자 수풀에서 가느다란 풀벌레 우는 소리가 들려왔다. 달을 품은 호수가 온 마음을 다해 채은의 말에 귀를 기울이고 있었다.

채은의 이야기
가짜로 웃는 아이

 "이야! 채은이 좋은 일 있니? 채은이는 항상 웃는구나. 정말 밝아서 좋아."

 복도에서 선생님들을 마주치면 늘 웃으면서 인사를 했어. 선생님은 속으로는 울고 있는 내 마음은 알아보지 못했어. 겉으로는 웃고 명랑한 척해도 우울증에 빠진 내 마음은 그 누구도 보려 하지 않았지.

 난 가짜 웃음을 짓는 아이였어. 나는 진짜 웃음을 잃어버렸어. 내겐 울음이 웃음이야. 마음속은 시궁창 같은데 늘 아무 일도 없는 것처럼 밝게 웃고 다녔지. 마치 웃음 가면을 쓴 것처럼. 영원히 웃어야만 사람으로 살 수 있는 형벌을 받은 것처럼 억지로 웃었지. 내 진짜 감정이 뭔지도 몰랐어. 다들 어두운 모습은 싫어하고 밝은 모습만 좋아하니까.

 언젠가 인터넷에서 '스마일 마스크 증후군'에 대해 검색한 적이 있어. 항상 밝은 모습을 유지해야 한다는 강박감 때문에 슬픔과 분노와 같은 어두운 감정을 제대로 발산하지 못하는 상태, 마음이 늘 불안정한 상태를 스마일 마스크 증후군이라 한대.

내 속에는 울음이 가득 차 있는데 사람들은 웃는 내 얼굴을 보고 나를 웃는 아이, 밝은 아이라고 했어. 아무도 내 안에 고여 있는 울음을 보려고 하지 않았지. 그 울음은 너무 오래 고여 있어서 썩은 악취를 풍겨.

"웃으면 복이 온다는데 채은이는 복 받을 거야."

어른들은 잘 웃는 내게 말하곤 했지. 어릴 땐 성격이 밝고 명랑하다는 소리를 많이 들었어. 나는 활발해서 어딜 가나 분위기를 이끌었어. 친척들이 모이면 춤도 추고 노래도 잘해서 귀여움도 받고 용돈도 많이 받았어. 커서 가수 해 보라는 소리도 들을 정도였어. 철모를 땐 온 세상이 나에게 미소를 지어 주는 것 같았어.

초등학교 3학년 때 반장 선거에 나갔어. 반장이 뭔진 잘 몰랐지만 한번 해 보고 싶었어. 친구도 많아서 압도적인 표 차로 반장이 되어서 신나게 집으로 달려갔어.

"엄마! 나 반장 됐어! 애들이 나 뽑아 줬어. 나 인기 짱이야!"

엄마가 슬픈 얼굴로 한숨을 쉬었어. 왜 축하도 안 해 주고 한숨을 쉬는지 이상했어.

"3반 반장은 피자 쐈다던데? 채은이 넌 뭘 쏠 건데?"

학교에 가니 애들이 나를 둘러싸고 물었어.

"햄버거 쏠 거야? 아니면 치킨?"

나는 그 말이 처음에 무슨 뜻인지 몰랐어.

"엄마! 애들이 나보고 햄버거 쏘래. 반장 됐다고!"

집에 가서 철없이 엄마한테 말했어. 엄마의 얼굴이 어두워졌어. 그 무렵 우리 집은 형편이 많이 안 좋았거든. 아빠는 공장에 다니다 다쳐서 일을 못 하고 엄마가 식당에 다니고 있었지. 결국 아이들에게 피자도 햄버거도 치킨도 쏘지 못했어. 엄마는 내가 반장을 하는 동안 한 번도 간식거리를 돌리지 못하셨어.

"왜 너는 햄버거 안 돌려?"

반 아이들은 자꾸 물어보곤 했어. 나는 반장인데도 친구들에게 인기를 잃었어. 눈치 없는 나는 다음 학기에도 또 반장 선거에 나갔지만 아무도 뽑아 주지 않았어. 간식을 돌리지 않은 엄마가 너무 미웠어. 내가 친구들에게 왕따당하는 건 다 엄마 탓이라고 생각했어. 난 그때 받은 상처 때문에 다시는 반장, 부반장 선거에 나가지 않았어. 가난은 부끄러움이란 걸 그때 처음 알았어.

그 후로 초등학교 내내 무시당했어. 여자애들은 어디를 가든 팔짱을 끼거나 손을 잡고 무리를 지어 다녀. 친구와 같이 안 다니면 마치 절벽에라도 떨어지는 것처럼 어디든 찰싹 붙어 다녀. 정수기에 물을 마시러 갈 때도, 화장실에 갈 때도, 운동장에 갈 때도 무리를 지어 다녔어. 체육 시간에도 점심시간에 밥 먹을 때도 자기들끼리만 다녔지. 나만 쏙 빼놓고.

급식 시간에 늘 혼자 밥을 먹었어. 어쩔 땐 화장실에 숨어서 빵을 먹기도 했어. 혼자 먹는 급식 시간이 싫어서 밥을 굶은 적이 많았어. 나는 점점 먹는 거에 집착하는 아이가 되었어. 폭식을 해도 배가 고팠어. 더 많이 먹고 싶은 마음에 배가 부르면 좀 쉬었다가 다시 먹곤 했으니까. 종일 냉장고를 뒤져 먹을거리를 달고 살았어. 엄마가 그만 먹으라고 잔소리를 하면 할수록 더 먹었어. 다른 애들보다 키가 작은데 초등학교 6학년이 70킬로그램이나 나갔으니 말 다한 거지.

"꺼져! 돼지 주제에 뭘 물어?"

친구들에게 끼고 싶어 뭘 물어보면 애들이 대놓고 무시했어.

"너 돼지라서 왕따지?"

"야! 돼지 왕따! 돼지 꿀꿀!"

우리 반 남자아이들이 나만 보면 놀렸어. 몰래 좋아하는 남자애가 옆에 있는데 너무 창피해서 죽고 싶었어. 화장실에 숨어서 울었어. 학원 아이들도 무시하고 학교에서 이동 수업 할 때도 혼자 가야 했지. 활발하던 내 성격은 눈치만 보게 되고 의기소침해졌어.

단 10분이라도 좋으니 하소연할 친구가 있다면 좋겠다고 생각했어. 잡담도 하고 농담도 하고 아이돌 이야기를 할 친구를 원했는데 한 친구가 다가왔어. 늘 놀림당하는 나에게 말을 걸어 주는 현아가 천사 같았어. 눈부실 정도로 하얀 얼굴에 눈이 커서 인형처럼 예쁜 애였거든. 그렇게 반에서 인기도 많고 예쁜 현아가 나에게 말을 걸어 주니 꿈을 꾸는 것만 같았지. 나는 그 애가 뭘 하자고 하면 그게 뭐든 거부하지 못했어. 공주와 시녀 사이랄까. 아니라고, 싫다고 말하고 싶은 순간에도 가만히 있기만 했어.

"채은아, 다이소 갈래?"

학교 마치고 나오는데 현아가 다이소에 가자고 해서 따라갔어. 현아는 오렌지색 립밤과 분홍색 틴트를 골랐어. 계산하려고 카운터로 간 현아가 나를 불렀어.

"나, 깜박하고 지갑 안 갖고 왔어. 돈 좀 빌려줘. 내일 줄게."

다른 사람도 아닌 현아가 부탁하는데 거절할 수가 없었지. 나는 만 원을 빌려줬어. 그 만 원은 일주일 치 용돈이었어. 현아는 내일 준다고 하더니 일주일이 지나도 안 갚았어.

"야! 돈 좀 빌려줘."

"지난번에 만 원도 안 갚았잖아? 나, 진짜 돈 없어. 빨리 만 원이나 갚아."

"야! 백 돼지! 그깟 돈 더러워서 안 떼먹어. 더럽다 더러워! 존나 재수 없는 년! 꺼져!"

현아는 갑자기 소리 지르고 욕을 퍼부었어. 나는 몸이 굳은 채 아무 말도 못 하고 바보같이 가만있었어. 그날 밤 현아는 인스타에 내 사진을 올려놓고 뚱뚱하다며 온갖 쌍욕을 하고 패드립을 했어. 현아가 인스타에 우리 부모님 욕까지 올릴 줄은 상상도 못 했지. 친구라고 생각했는데. 따지지도 못하는 내 꼴이 너무 한심하고 비참했어.

아침에 학교에 갔는데 복도에서 현아와 마주쳤어. 따지고 싶었지만 말도 섞기 싫고 싸울 자신도 없어서 현아를 외면했어.

"야, 너 왜 그래? 왜 나보고 말도 안 해? 이게 죽을래?"

나는 입을 꼭 다물고 현아를 외면했어. 나를 친구로 취급도 안 하는데 어떤 말도 하기 싫었어.

"백 돼지, 네 엄마도 돼지지? 야, 돼지 년!"

그 말에 너무 화가 나서 나는 현아에게 신발주머니를 휘둘렀어.

"야! 그만해!"

"와! 백 돼지, 존나 화났어? 존나 무서운데?"

복도를 지나가던 아이들이 몰려들어 우리를 에워쌌어.

"야! 그만하라고 했지? 너 죽을래?"

그때 담임이 지나가다 내가 현아한테 신발주머니를 휘두르는 걸 보았어. 담임은 평소에 현아를 유난히 예뻐했지.

"너 왜 친구랑 싸워? 집에서 친구랑 싸우라고 가르쳤어? 엄마 부를까?"

내 말은 들어 보지도 않고 애들 앞에서 망신을 주는 선생님이 너무 미웠어. 나는 분했지만 억지로 참았어. 안 그래도 힘든 일이 많은 엄마에게 내 일까지 더해서 속상하게 만들면 안 되니까.

현아가 나를 백 돼지라고 부르고 나서부터 내 별명은 백 돼지가 되었어. 반 아이들도 나를 외면했어. 무시당하는 일은 도무지 익숙해지지 않았어. 누가 제발 내게 말 좀 걸어 줘! 속으로 빌었지만 아무도 내 곁에 다가오지 않았어.

빨리 중학생이 되어 현아와 마주치지 않기만 빌었어. 현아와 같은 중학교에 배정받지 않기만 빌었는데 하필이면 같은 반이 되었어. 얼굴이 예쁘고 날씬한 현아는 어딜 가나 인기였지. 중학교에 올라와서도 현아는 여전히 나를 무시하고 따돌렸어. 앞에 나서지 않고 애들 뒤에서 더 교묘하게 따돌렸어. 내 별명은 여전히 백 돼지였어.

내가 무슨 말만 하면 현아와 친한 애들이 찐따, 아싸, 왕따, 백 돼지 주제에, 이러면서 비꼬았어. 점심시간에는 나만 빼고 자기들끼리 몰려다니면서 웅성거리고 나랑 같은 조만 되면 싫은 티를 팍팍 냈지. 내가 뭘 하기만 하면 '갑분싸'를 만들고 자기들끼리만 웃었어. 단톡방에서도 내가 뭐라고 하면 아무 반응이 없었어. 근데 현아가 무슨 말만 하면 온갖 이모티콘으로 추켜세우느라 난리법석이었어.

"야! 백 돼지! 치마 안 어울린다. 바지 입어."

교복을 입은 나만 보면 남자애들은 손가락질하고 놀렸어.

"몸매 실화냐? 썩었다! 백 돼지! 비곗덩어리!"

제일 듣기 싫은 건 엄마 아빠를 들먹일 때였어.

"쟤 엄마는 저 돼지 낳고 미역국 먹었을까?"

엄마를 욕하는 건 죽어도 참을 수가 없었어.

"야! 그만해! 그만하라고!"

놀리는 애들에게 닥치는 대로 물건을 집어 던졌어. 너무 화가 나서 의자까지 집어 던지며 소리를 질렀어. 대들이 '우' 하며 야유를 보냈어. 그때 선생님의 목소리가 들렸어.

"야! 당장 그만두지 못해? 이게 뭐야? 왜 싸워? 물건 다 제자리에 정리해!"

담임이 심하게 나를 혼냈어. 이유를 물어보지도 않았어. 내가 뭘 잘못했는데? 내가 뚱뚱한 게 애들에게 피해를 주는 것도 아닌데. 물론 스트레스 때문에 많이 먹긴 했지. 그게 그렇게 잘못인 건지 소리쳐 묻고 싶었어.

그 후에도 아무 일 없는 것처럼 얼굴에 미소를 띠고 지냈어. 웃음이 내 얼굴에 가면처럼 들러붙어 있는 것 같았어. 어릴 때부터 웃는 습관이 생겨서 그런지 별로 웃기지도 않은 일에 웃었어. 미친 듯이 웃어 봐도 이상하게 허무하고 멍하고 아무 생각도 나지 않았어. 나 안 괜찮다고, 웃고 싶어서 웃는 게 아니라고 소리치고 싶을 때가 많았어. 웃고 싶지 않은데도 웃고 있는 내가 너무 싫었어. 싫다고, 아니라고 소리치고 싶을 때가 많았어.

쉬는 시간에 할 게 없어 교실 밖에 있는 사물함에 왔다 갔다

하거나 화장실에 가만히 숨어 있었어. 방과 후에는 혼자 집에 가는 모습을 다른 애들에게 보이기 싫어서 모두 하교할 때까지 기다렸다가 마지막에 가기도 했어. 왕따를 당할수록 필사적으로 웃었어. 왕따당하는 걸 들키고 소문나면 영원한 왕따가 되니까.

하루는 학교 마칠 때 핸드폰 바구니에서 핸드폰을 찾았는데 내 것만 깨져 있는 거야. 누가 일부러 내동댕이친 것 같았어. 살펴보니 액정에 신발 자국이 찍혀 있었어. 누가 일부러 밟은 것 같았어. 내가 핸드폰을 들고 세상을 다 잃은 얼굴로 서 있으니 아이들이 몰려들었어. 현아는 팔짱을 끼고 안됐다는 듯 쳐다보았어. 아무리 생각해도 현아 짓일 거 같은데 증거가 없어서 따질 수가 없었어.

"핸드폰 깨졌네. 너, 진짜 큰일 났다."

"백채은 개불쌍해."

"어머! 어떡하니?"

애들이 나를 둘러싸고 걱정해 주는 척하며 비웃었어. 핸드폰 액정이 깨졌는데 엄마에게는 말할 수 없었어. 엄마는 내가 아무리 살쪄도 '우리 보물단지 때문에 산다'고 하는데, 왕따당하는 거 알면 하늘이 무너지는 것 같을 텐데. 관절염으로 다리가 아프다는 엄마는 몸이 아파도 건물 청소 일을 다녔어. 아빠는 몸이 아파 일을 못 하고 있었지.

몇 번이나 엄마를 불렀다가 딴소리만 했어. 엄마는 내가 실없다며 웃고. 아무것도 모르는 엄마를 보니 마음이 너무 아팠어.

죽고 싶다는 생각만 했어. 방문을 닫고 덩그러니 누워 천장을 봤어. 아무런 희망이 없고 마음만 복잡했어.

그러던 어느 날 인터넷에서 자해한 모습을 본 적이 있었어. 이를 악물고 따라해 보았어. 피가 맺히고 따끔했지만 통증에 감각이 집중되니까 여러 가지 복잡한 생각이 사라졌어. 답답함이 가라앉고 스트레스가 풀리는 것 같았어. 발갛게 핏방울이 맺혀 뚝뚝 흘러내렸어. 그 뒤로는 일주일에 두세 번씩 자해를 했지만 아무도 눈치채지 못했지. 아무 일 없는 듯 내가 매일 웃고 다니니까.

힘들수록 필사적으로 웃었어. 웃으면 행복해질 수 있다고 주문을 걸었어. 내 진짜 모습을 가리기 위한 웃음 가면이 필요했던 거야. 학교엔 위클래스 상담실이 있는데 그 앞에까지 갔다가 되돌아선 적도 있어. 상담 선생님이 부모님한테 말할 게 뻔하니까. 부모님이 내 상태를 아시는 게 겁이 났어.

중학교 3학년이 되고 현아와 다른 반이 되어 한시름 놓았어. 2학년 때도 같은 반이어서 너무 괴로웠거든. 앞에 나서지 않고 아이들을 부추겨서 교묘하게 왕따시켰기 때문이야.

3학년 개학 날, 한 아이가 전학을 왔어. 내 짝이었는데 성격이 좋은 아이였어. 같이 점심도 먹고 화장실에도 같이 갔어. 그제야 나도 투명 인간에서 진짜 사람이 된 것 같았어. 같이 밥을 먹으며 서로 좋아하는 아이돌 이야기를 하며 웃었어. 친구가 이래서 좋은 거구나, 가슴이 뭉클했어.

아파서 학교 못 갔을 때 연락 오는 친구, 아침에 교실에 들어갔을 때 안녕! 이렇게 인사해 주는 친구, 시험 잘 보라고 응원해 주는 친구, 급식 안 먹었을 때 보건실에 있나 찾으러 오는 그런 한 명의 친구가 나에게도 생긴 거였어. 그냥 아주 보통의 친구가. 얼음 왕국에 봄이 찾아온 것만 같았어.

행복은 얼마 가지 못했어. 이상하게 그 애가 나를 피하는 거야. 학교 마치고 기다려 주던 친구였는데 기다리지 않고 먼저 가 버렸어. 그 애와 같이 있고 싶어서 온종일 신경 쓰고 주변을 맴돌았어. 그 애가 나한테 정색하며 쏘아붙였어.

"왜 자꾸 귀찮게 따라다녀? 너, 왜 네가 찐따인 줄 알아?"

난 갑자기 뒤통수를 세게 얻어맞은 기분이었어. 전혀 모르는 낯선 아이가 내 앞에 서 있는 것 같았어.

"네가 찐따같이 구니까 찐따인 거야. 애들이 무시해도 바보같이 웃기만 하고. 뚱뚱하고 옷도 못 입고 공부도 그다지 잘하는 편이 아니잖아. 말발도 약하지, 그러니까 무시를 당하는 거야. 야! 니 주제를 좀 알아. 내 앞에서 꺼져. 재수 없어!"

심장이 으깨져 가루가 되는 것처럼 아팠어. 어떻게 사람 면전에서 그렇게 대놓고 무시를 할 수가 있냐고. 너무 충격을 받아 실어증에 걸릴 정도였어.

하필 그 애는 현아와 같은 종합 학원을 다니고 있었어. 이 모든 일이 초등학교 때부터 나를 엄청 괴롭혔던 현아 때문이었던 거야. 나 같은 왕따와 놀면 왕따가 될 거라고 현아가 내 뒷담화를 한 거였어.

그 애는 내 앞에서 현아랑 보란 듯 팔짱을 끼고 다녔어. 나에게 세상 전부였던 친구였는데 온 세상이 무너져 내린 것 같았어. 집에서 이불을 뒤집어쓰고 울기만 했어. 가슴이 터질 정도로 답답하고 명치가 꽉 막힌 것 같았어.

그 후로 자해는 점점 심해졌어. 처음에는 살짝 그은 생채기만 봐도 진정이 됐는데 점차 다른 부위에도 하게 됐어. 숨을 쉴 수 없을 정도로 답답하고 죽고 싶은데 진짜 죽을 것 같은 기분이 들면 자해를 했어. 상처에서 피가 나면 심장이 뛰는 게 느껴질 정도로 두근거리면서 진정이 되었어. 피를 보면 죽고 싶은 마음이 가라앉았어. 칼로 몸에 상처 내는 걸 자해라고 하지만 내겐 자기 위로, 즉 자위였던 거야. 살기 위해서 자해를 하는 거라면 누가 믿을까.

"채은이 너, 요새 무슨 일 있지?"

내가 달라진 걸 눈치챈 엄마가 물었어.

"아니, 아무 일 없는데, 왜?"

"요즘은 예전처럼 웃지도 않고 왜 힘이 없니?"

엄마는 자꾸 캐물었어. 먹는 걸 무섭게 밝히던 내가 밥도 안 먹고 살이 자꾸 빠지니 엄마는 걱정을 했어.

"아이고! 우리 엄마 걱정도 많으셔. 진짜 아무 일 없다니까!"

나는 괜찮은 척 억지로 웃었어. 엄마와 눈 마주치는 것도 겁났어. 가족뿐만 아니라 사람 만나는 것 자체가 무서웠어.

이렇게 살아선 안 되겠다 싶었어. 완벽하게 다른 사람이 되기로 결심했어. 영화 〈미녀는 괴로워〉에 나오는 주인공처럼 완전히 다른 내가 되어야겠다고 마음먹었어. 어렸을 때부터 살이 쪘던 내가 싫고 부끄러웠어. 얼굴이 예쁘고 날씬해서 인기 있는 현아처럼 예뻐져야 한다고, 마르고 날씬해져야 한다고 생각했어. 뚱뚱하고 못생겼다는 놀림에서 벗어나고 싶었어. 엄마를 괴롭히는 수밖에 없었지.

"엄마! 나 왕따야. 왜 그런 줄 알아? 예전에 반장 턱 못 냈을 때부터 그랬어. 다 엄마 탓이야! 엄마가 지금까지 나한테 해 준 게 뭔데?"

엄마 가슴을 후벼 팠어. 충격받은 엄마의 얼굴을 다주 볼 수가 없었어. 고생하는 엄마에게 대못질하는 내가 미웠어.

"채은아, 이 엄마가 미안하다. 다 부모 잘못 만난 탓이야."

엄마는 속이 상해서 가슴을 쳤어.

"나한테 미안하면 쌍꺼풀 수술 해 줘. 안 해 주면 죽을 거야!"

집안 형편이 안 좋은 줄 잘 알면서도 생떼를 썼어. 나는 점점 이기적으로 변했어.

"너를 대체 어쩌면 좋겠니?"

엄마는 땅이 꺼져라 한숨을 쉬었어. 밥도 안 먹고 시위를 하고 드러누웠어. 할 수 없이 엄마는 돈을 구해 수술비를 마련해 줬어. 쌍꺼풀 수술을 하고 유튜브로 매일 메이크업 영상을 찾아보고 화장품과 옷을 사기 바빴지. 집안 형편은 나 몰라라 하고 엄마에게 매일같이 돈을 달라고 했어.

고등학교에 입학한 지 며칠 안 되어 어떤 남자애에게서 연락이 왔어. 내가 연예인처럼 너무 예쁘다며 친하게 지냈으면 좋겠다는 그 말에 얼떨떨했어. 늘 남자애들한테 못생기고 뚱뚱하다는 놀림만 듣다가 그런 칭찬을 들으니까 믿기지 않았지. 남자애들에게 대시 받는 재미에 푹 빠져서 매일 핸드폰을 달고 살았어. 셀카를 찍어 인스타에 올리는 게 일이었어.

남자애들이 예쁘다고, 나를 공주처럼 떠받들어 주는 것이 좋았어. 하지만 어떤 남자애를 만나도 진짜 좋아하는 감정은 못 느꼈어. 조금만 친해지면 둘이서 코인 노래방 가자거나 룸 카페 가자고 하는 애들이 많았어.

어느 날 학교 복도를 지나가는데 뭔가 분위기가 이상했어. 같이 다니던 친구들이 자꾸 나만 빼놓고 수군거리는 듯한 기분이 느껴졌지. 다른 반 아이들도 내가 지나가면 스군거렸어.

"쟤가 백채은이야."

"아! 쟤? 남자 수시로 바꾸는 애?"

"맞아, 쟤 완전 걸레야."

걸레라는 말에 나는 그 자리에 못 박힌 듯 움직일 수가 없었어. 내 몸에서 썩은 냄새가 나는 것 같았어. 눈앞이 캄캄했어. 어떻게 사람을 걸레라고 할 수 있을까. 소문이 학교 전체로 퍼졌어. 모두가 나를 피했고, 뒤에서 욕을 했어. 복도에 지나다니기만 해도 애들이 나를 둘러싸고 수군거리는 듯한 기분이 들었어. 학교에 자주 결석해도 궁금해하는 친구도 없었고, 찾는 사람도 없었지.

며칠 결석을 하다 오랜만에 학교에 갔어. 내가 안돼 보였는지 반 친구가 나를 복도로 불러냈어.

"왜 그런 소문이 퍼진 줄 알아?"

"소문이 왜 퍼졌는데?"

"너, 예지 알지?"

나는 고개를 끄덕였어. 나만 보면 벌레 씹은 표정으로 쳐다보던 애였지. 그 애를 보면 나를 왕따시키던 현아가 떠오르곤 해 기분이 나빴어.

"예지 남친이 널 좋아해서 예지가 완전 빡친 거야. 예지 걔 진짜 성격 장난 아니야. 아마 너 끝까지 갈굴걸."

자기 남친을 뺏을까 봐 소문을 퍼뜨린 모양이었어. 나는 아예 얼굴도 모르는 남자애였는데. 어이없는 일에 휘말려 너무 억울했어. 헛소문을 퍼뜨린 예지 머리끄덩이라도 잡아야 했는데, 그럴 용기도 없는 내 자신이 너무 한심하고 바보 같았어. 그때부터였을 거야. 필사적으로 웃던 내 얼굴에서 웃음이 싹 사라진 건.

술 마실 핑곗거리를 찾는 주정뱅이처럼 다시 자해를 시작했어. 숨통을 조이던 무언가가 풀리는 느낌이 들고, 아직 내가 살아 있구나! 하는 생각이 들었어. 자해를 하고 나면 기분이 좋아지고 밤에 깨지 않고 푹 잤어. 마약 중독자가 마약을 찾듯 자꾸 칼에 손이 갔어. 흉터가 남으면 어떻게 할지 부모님이 보시면 어떻게 할지 불안했어.

자해 중독자가 됐는지 몸 여기저기 상처를 냈어. 빠른 속도로 상처가 늘어났어. 팔뚝, 발목, 목까지 넘어갔어. 선혈이 흐르는 사진을 SNS에 올리기도 했어. 자해는 불안과 스트레스를 풀 수 있는 유일한 방법이었지. 붉은 흉터는 내가 아프다고 세상에 알리는 비명이었어.

수업 중에 공황 발작이 와서 응급실에 간 적도 있었어. 충동이 밀려올 때면 학교 화장실에서도 손목을 긋기도 했어. 정신과에서 받은 일주일 치 약을 한꺼번에 먹고 손목을 그어서 응급실에 실려 간 적도 있어. 상처를 스무 바늘이나 꿰맸어. 그 일이 학교에 소문이 나서 선생님들이 너무 골치 아파했어. 담임은 학교에 나오지 말고 치료를 받아 보는 게 어떠냐고 했어. 더 큰일이 생길까 봐 겁을 먹은 거지. 더러운 쓰레기를 얼른 치워 버리고 싶은 것 같았어.

　건널목에 서 있는데 멍했어. 나를 둘러싼 모든 것이 비현실적으로 보이고 내가 좀비 같았어. 신호등이 바뀌어도 멍하니 서 있었지. 내가 죽다가 살아났는데도 세상은 그대로였어. 내 앞에서 차들이 달리고 오토바이가 지나갔어. 거리의 소음 속에서 나는 한참 서 있었어. 오가는 차들, 건널목에 서 있는 사람들, 바쁘게 걷는 사람들, 폐지 리어카를 끌고 가는 할머니를 멍하니 쳐다보았어.

　내가 죽어도 이 세상은 아무 일도 없겠구나. 나는 먼지만큼도 가치가 없구나 싶었어. 내가 죽어도 시간은 변함없이 흘러가겠구나. 집에 들어와 방문을 잠갔어. 유서를 쓰고 한꺼번에 한 달치 약을 다 털어 넣었어. 깨어나 보니까 병원이었어. 위세척하고 링거 맞고 응급실에 시체처럼 누워 있었어.

　"채은아! 너 대체 왜 그러니? 이 엄마 죽는 꼴 보고 싶어?"
　"엄마 미안해!"
　"엄마는 너 없음 못 살아!"
　엄마가 나를 붙잡고 우는데도 아무 감정이 없었어. 약을 너무 많이 털어 넣은 부작용인지 헛것이 보였어. 괴물들이 나를 에워싸고 소리를 질러 댔어. 나는 괴물들을 피해 달아났어. 얼굴도 없는 귀신들이 쫓아왔어. 소리를 지르고 병원 복도를 맨발로 뛰어다녔어. 의사와 부모님은 나를 강제로 입원시키려 했지. 나는 죽어도 입원은 안 한다고 했고. 내 고집을 못 이긴 엄마는 할 수 없이 나를 퇴원시켰어.

멍하니 아무 생각도 없이 좀비처럼 지냈어. 시간 되면 약만 먹고 종일 잠자고 그렇게 살았지. 밖에 나가지도 않고, 가족들 얼굴 보기도 싫었어. 어두컴컴한 방 안에서 시간을 흘려보내다 병원 갈 때만 집 밖에 나갔어.

친구도 없고 혼자 종일 집에 누워 있으려니 답답했어. 누군가에게 내 고민을 말하고 싶고 힘들다고, 외롭다고 하소연이라도 하고 싶었어. 어차피 걸레라는 소리 들을 바에 아무나 만나면 뭐 어떤가 하는 생각도 들었지. 죽을 생각도 했는데, 걸레가 돼 버릴까? 못 할 게 뭐 있나, 될 대로 되라 하는 마음이었어.

그냥 위로받고 싶고 누구랑 얘기가 하고 싶어 별생각 없이 시작했던 채팅이었어. 만나자는 남자들이 많았어. 나랑 나이가 같다는 한 남자가 말을 걸어왔어. 친구가 생긴 거 같아서 반가웠어. 내 힘든 이야기를 잘 들어 주길래 고맙더라고. 채팅하다 괜찮은 사람인 거 같아서 연락처도 주고받았어. 만나서 영화 보기로 약속을 잡았어. 다음 날 겁이 나서 약속을 못 지키겠다고 했어. 그 남자는 내가 안 나오면 죽어 버리겠다고 협박하는 거야. 손이 벌벌 떨렸어. 진짜 그 사람이 죽으면 어쩌나 잠이 안 왔어.

영화관 건물 앞에서 만났는데 남자는 생각보다 나이가 많아 보였어. 속았다는 생각이 들고 심장이 덜컥했어. 안 따라간다고 반항하는데 상가 지하 주차장으로 끌고 가는 거야. 어두운 곳에서 남자가 억지로 키스하더니 내 가슴까지 만졌어. 내 몸에 더러운 것이 묻은 기분이 들어 집에 들어와서 한 시간 넘게 씻었어.

"너 내일 안 나오면 나, 죽는다. 나 죽으면 다 네 책임이야."

남자가 협박했어. 내 정보도 다 알고 있어서 소문날까 봐 그 남자를 또 만나러 갔어.

알고 보니 그 남자는 열일곱 살이 아니라 스물다섯 살이었지. 모텔에 따라갔는데 걸레라고 욕하는 소리가 자꾸 귓가에 맴돌았어. 처음에는 내 고민도 들어 주고 예쁘다고 말해 주니 인정받고 위로받는 느낌이 들었어. 나쁜 짓이라는 걸 알면서도 너무 외로워서, 위로와 공감을 받고 싶어서 그 남자를 만났어. 술도 마시고 담배도 배웠어. 말 그대로 진짜 걸레가 된 것 같았어.

그 남자를 만나고 밤늦게 집에 들어왔어. 나를 기다리다 소파에서 자는 엄마 얼굴을 보니 마음이 너무 아팠어. 다리가 아파서 끙끙 앓으며 자는 엄마를 보니까 정신이 번쩍 들었어. 엄마가 너무 가엾고 불쌍해 보였어.

내가 한 일을 알면 엄마는 아마 너무 큰 충격을 받아 단 하루도 살 수 없을 거라는 생각이 들었어. 지금이라도 멈추어야 했어. 가족을 위해 평생 고생만 하는 엄마에게 너무 큰 죄를 지었구나 싶었지. 나를 세상에서 가장 사랑하는 엄마를 위해서라도 정신 차려야겠다고 생각했어. 세상 사람들이 나를 떠나도 끝까지 나를 보듬어 줄 엄마는 내 옆에 있다는 걸 그때야 알았어.

"기다린다. 나와. 집 앞이야."

그 남자에게서 전화가 걸려 왔어. 집은 어떻게 알았을까? 몸이 덜덜 떨리고 숨을 쉴 수가 없었어.

"이제 그만 만나요. 절대 연락하지 마세요. 부모님한테 들키면 큰일 나요."

"누구 맘대로? 두고 봐. 가만 안 있을 테니까."

전화를 끊자마자 남자가 사진을 보내왔어. 너무 놀라서 심장이 멎는 것 같았어. 내가 모텔에서 잠든 사이에 찍은 사진이었어. 너무 역겹고 무서워서 숨이 안 쉬어졌어.

"안 나오면 네 주변에 이 사진을 유포할 테니까 당장 나와."

사지가 벌벌 떨리고 식은땀이 흘렀어.

"핸드폰도 해킹했으니까 알아서 해. 넌 절대 도망 못 가. 죽을 때까지!"

내 인생은 이제 끝났구나 싶었어. 엄마가 이 사실을 알면 어쩌나 너무 겁이 났어. 경찰서에 신고도 할 수 없었지. 그 남자가 사진을 뿌리기 전에 끝내야겠다고 마음을 먹었어. 하지만 너무나 살고 싶었어. 내가 쓸모없는 아이든, 죽어 마땅한 짓을 했든, 내가 어떤 사람이든, 살아야 한다고 누군가 말해 주길, 그 말 한마디를 듣고 싶었어.

정신과 병원에 가는 날이었어. 설거지를 하던 엄마가 나를 돌아보았어. 나 때문에 부쩍 늙어 버린 엄마의 얼굴에 수심이 가득했어. 칼에 찔린 것처럼 가슴에 통증이 느껴졌어.

"채은아! 병원 잘 다녀와. 우리 저녁 때 치킨 시켜 먹자."

"응. 엄마 잘 다녀올게."

엄마에게 인사를 했어. 그 말이 내가 엄마에게 한 마지막 말이었지. 실제로는 엄마 사랑해. 나 키운다고 너무 힘들었지? 고마워. 이 말을 하고 싶었어. 내 책상 서랍 속에 엄마에게 사랑한다는 말을 적은 유서가 들어 있었어. 거리를 종일 걸어 다니다 다리 위에 서서 강물을 내려다보았어. 입을 벌리고 있는 검푸른 강물을 내려다보고 있으니 겁이 났어. 질끈 감은 눈에서 눈물이 줄줄 흘러내렸어. 카톡 창을 열어 보았어. 고마웠어. 행복해. 잘살아. 이렇게 누군가에게 마지막 인사를 보낼 친구 한 명 없다는 게 슬펐어.

얼마 전에 미리 봐 둔 10층 상가 건물이 있었어. 그 건물은 옥상 문을 잠그지 않았지. 죽으려고 몇 번이나 올라갔던 곳이었어. 엘리베이터 안에서 꼭대기 층을 누를까 말까, 잠시 고민을 했어. 엘리베이터가 잠시 멈춰 서 있는 시간이 영원처럼 길게 느껴졌지. 10층을 눌렀어. 손가락끝에 닿는 엘리베이터 버튼이 섬뜩하게 차가웠어. 엘리베이터는 마치 하늘로 치솟는 것처럼 위로 올라갔어. 10층에 엘리베이터가 멎었어.

나는 어두운 옥상 앞 계단참에 앉아서 소리 죽여 흐느껴 울었어. 내가 가지 못한 길들이 떠올랐어. 대학교 학사모를 쓰고 엄마 아빠와 졸업사진을 찍고 있는 나, 입사 면접을 보러 가는 나, 회사에 출근하는 나, 웨딩드레스를 입고 결혼식장에 아빠의 팔짱을 끼고 들어가는 나, 그런 나를 쳐다보며 기쁨의 눈물을 흘리는 엄마의 모습이 보였어.

종일 먹은 게 없어서 그런지 배에서 꼬르륵 소리가 났어. 집에 들어갔다면 엄마 아빠와 치킨을 먹고 있었을 거야. 죽음을 생각하고 있는 와중에도 위장은 어김없이 배고프다고 난리였지. 문득 엄마가 해 주던 잔치국수가 생각났어. 채를 잘게 썬 당근과 애호박, 계란지단과 김 가루 고명을 푸짐하게 올린 그 잔치국수를 단 한 번만이라도 먹고 싶었어. 침이 꼴깍 넘어갔어.

왜 집에 안 들어오느냐고 엄마에게서 계속 연락이 오길래 핸드폰을 껐어. 차가운 계단참에 앉아 뜬눈으로 밤을 새웠어. 아침이 어김없이 밝아 왔어. 나는 심호흡을 하고 옥상 문을 열었어. 아침 햇살이 눈을 찔렀어. 내가 살아서 마지막으로 보는 햇살을 가슴에 안았어. 내가 죽어도 저 해는 내일이면 어김없이 떠오르겠지. 무섭도록 아름다운 아침 하늘을 한참 올려다보았어.

나는 가방과 핸드폰을 옥상 바닥에 내려놓았어. 신발을 벗고 난간에 올라섰어. 이미 심장이 산산조각 난 느낌이었어. 바람이 머리카락을 흩날렸어. 나는 눈을 질끈 감고 뛰어내렸어.

"쿵!"

세상이 무너지는 소리였어. 백채은이라는 하나의 세계가 완벽하게 끝이 난 순간이었지.

보름달이 떠오르는 밤

"내 이야기는 여기까지야. 한때 걸레라는 소리를 들었던 아이의 이야기."

채은은 나를 빤히 쳐다보았다. 나는 그 어떤 말도 할 수가 없었다. 채은이 이야기를 하지 않으려 했던 이유를 알 것 같았다. 이 이야기는 아마도 여러 명 앞에서는 하기 어려웠을 것이다. 얼마나 무섭고 막막하고 절망스러웠을까.

"걸레라니? 넌, 이 우주에서 하나밖에 없는 특별한 사람이야."

"우주씩이나? 하여간 고마워. 그렇게 말해 줘서. 지금은 끔찍한 뱀 머리 귀신인데 말이지."

채은이 환하게 웃었다. 가짜 웃음이 아니라 티끌 하나 없는 진짜 웃음이었다. 이토록 환하게 웃을 줄 아는 아이였나?

"이야기하고 나니 뭐 별거 아니네. 맞아. 별거 아닌데, 이까짓 일로 죽은 게 좀 억울하고 바보 같다는 생각이 들어. 그럼에도 불구하고 살아야 한다고, 살아 볼 만한 게 삶이라고 누군가 알려 주었더라면 어땠을까? 왜 그렇게 애들 눈치를 보며 바보같이 살았을까? 왜 맞서 싸우지 못했을까? 애들이 걸레라고 욕을 하든 말든 그게 무슨 상관이겠어? 다시 한번 살 수만 있다면 누가 나를 어떻게 보든 신경 쓰지 않고 살 텐데……. 이제 와 이런 생각이 다 무슨 소용일까? 다시 살아날 수도 없는데."

채은이 희미하게 미소를 지었다. 별 대수롭지 않은 일처럼 말하는 채은을 보고 있자니 마음이 아팠다.

"다시 살고 싶어?"

"그래. 살 수 있다면 그러고 싶어. 걸레 소리를 듣는다고 해도 살고 싶어. 세상에서 가장 귀한 것 하나가 내게 있다는 것을 그때는 몰랐어. 목숨과 바꿀 수 있는 건 이 우주에서 아무것도 없는데……."

나는 고개를 끄덕였다. 채은의 말처럼 목숨과 바꿀 수 있는 건 아무것도 없다. 우주를 다 준다 해도 한번 죽은 목숨을 살려 낼 수는 없다. 목숨은 리셋할 수 없다. 웹소설이나 웹툰에 나오는 2회 차, 3회 차 인생 같은 것은 없다. 왜 진작 그걸 몰랐을까.

"난 살고 싶다는 내 목소리를 외면했어. 간절히 살고 싶었던 또 다른 내가 있었는데……. 힘들어 죽겠다고, 도와 달라고 말하는 법을 몰랐어. 잘못해도, 실수해도, 분노를 터뜨려도, 화를 내도 된다고 말해 주는 사람이 있었다면 어땠을까? 억지로 안 웃어도 된다고 말해 주는 사람이 있었다면 어땠을까? 근데, 참 이상해."

채은이 고개를 갸웃했다.

"뭐가?"

"전부 다 이해받은 느낌이 들었어. 내 이야기를 잘 들어 줘서……. 누군가에게 이해받는다는 느낌이 이런 거구나. 마음이 편안해. 그냥 아무 말 않고 끝까지 들어 줘서 고마워."

이해라고? 어쩌면 이해와 공감은 같은 말이 아닐까? 나는 뭔가 새로운 비밀을 알아낸 기분이 들었다. 눈치 없는 나에게도 공감 능력이란 게 생겼다는 말로 들려 기분이 좋았다. 오직 들어 준 것 하나만으로.

"내가 제일 못하는 게 듣긴데, 칭찬받으니까 신난다. 흐흐."

"내 이야기 아무에게도 못 할 줄 알았는데, 참 신기해."

호수에 비친 풍경을 바라보며 한참 생각에 잠겨 있던 채은이 말했다.

"야! 정수호!"

등 뒤에서 현성의 목소리가 들렸다. 고개를 돌려 보니 로운이와 은서도 와 있었다. 나는 아차 싶었다. 채은의 이야기를 듣느라 기다리고 있는 아이들을 깜박했던 것이다. 시간이 가는 줄 모르고 이야기에 집중하다니. 내가 이렇게 집중력이 좋았나? 아무리 생각해도 천지개벽할 일이었다.

"정수호! 채은이 찾으면 팽나무 밑으로 온다고 하지 않았어?"

현성이 물었다.

"맞아. 그러려고 했는데, 채은이가 모두 듣는 데서는 이야기하기 싫다고 해서 어쩔 수가 없었어."

"그래도 말은 해 줬어야지."

"미안! 여긴 핸드폰도 없고. 현성이 니가 그랬잖아? 각자 다른 시계를 가지고 있다고? 내가 어른들 말은 안 들어도 친구 말은 잘 듣거든."

내 말에 현성이 어이없다는 듯 웃었다.

"와! 그럼 채은이 누나 이야기도 다 들은 거야?"

로운이가 묻자 나는 고개를 끄덕였다.

"내가 왜 누나야? 너 나 알아?"

채은이 로운에게 물었다.

"알지. 우린 독수리 5남매거든. 수호 형, 현성이 형, 채은이 누나, 나, 하은서 이렇게 다섯, 5남매!"

로운이 또 독수리 5남매 드립을 쳤다. 나는 로운이 머리를 쓰다듬어 주려다 뱀을 보고 손을 얼른 거두었다.

"채은 언니, 안녕하세요? 저는 하은서라고 해요."

고양이를 안은 은서가 채은에게 고개까지 꾸벅 숙이며 인사를 했다.

"어이가 없네. 저승에서 무슨 안녕이야?"

채은이 못 말리겠다는 듯 웃음을 터뜨렸다.

"자! 여기서 이럴 게 아니라 팽나무 아래로 가자고. 우리의 아지트로 출발!"

내가 외치자 아이들이 죽 따라나섰다. 오늘이 최녹사가 말한 마지막 날, 보름달이 떠오르는 날이었다. 먼 데서 산비둘기 울음소리가 들려왔다.

마침내 마지막 날이었다. 하늘에는 보름달이 환하게 빛나고 있었다. 팽나무 아래 초승달 모양 탁자 앞에 최녹사가 앉아 있었다. 최녹사를 둘러싸고 앉아 있는 뱀 머리 아이는 모두 다섯이었다. 밤인데도 대낮처럼 아이들의 표정이 생생하게 보였다. 귀신이 되고 보니 생전에는 없던 초능력이 하나둘씩 나오는 것 같았다. 귀신같다는 표현이 어떻게 생겼는지 알 것만 같았다. 귀신같이 알아챘다, 귀신같이 빠르다, 귀신같이 보았다, 귀신같이 알아들었다는 그런 말들이 조금씩 이해가 되었다. 그러고 보면 귀신들은 저승으로 가지 않고 이승에서 사람들과 어울려 살았던 모양이다. 그러니 우리 선조들이 귀신에 대해 아는 게 이렇게 많지.

뱀 머리들끼리 서로 마주 보고 있으니 기분이 묘했다. 다들 머리에 혀를 날름대는 뱀 대가리 하나씩을 무슨 왕관이라도 되는 양 붙이고 있었다. 우리는 어쩌다 저승까지 와서 머리에 뱀 대가리가 붙은 흉측한 귀신들로 만나게 된 걸까. 이 모든 것이 필연일까. 아니면 우연일까. 어쩌면 우리는 처음부터 하나로 연결되어 있었던 게 아닐까. 그 많은 납골당 중에서 하필이면 이곳 천사의 정원에서 만나게 되었으니까.

"이제야 다 모였구나. 말 안 하면 귀신도 모른다는 속담이 있는데, 말을 해야 얼마나 아픈지, 얼마나 힘든지를 알아. 속에 넣어 둔 그 힘든 이야기를 다 끝마치고 이렇게 모인 너희에게 고맙게 생각한다."

최녹사가 아이들을 둘러보고는 입을 열었다. 당연히 고마워하셔야지. 나는 그 말을 입 밖에 내려다 그만두었다.

"갑자기 낯선 저승에 온 것도 적응이 안 되는데 뱀이 머리에 붙어 있어서 얼마나 놀라고 무서웠겠니? 저승에서도 왕따를 당해야 했으니 억울했을 거야. 다들 용기를 내 줘서 고맙다. 오늘은 너희 이야기를 잘 들어 준 정수호의 이야기를 듣게 되는 마지막 날이야. 먼저 너희 이야기 잘 들어 준 수호에게 박수를 보내자."

최녹사가 먼저 손뼉을 치자 아이들도 다 같이 박수를 쳤다. 소리는 나지 않아도 뜨거운 박수였다. 누군가에게 박수를 받아 본 거라곤 생일날 케이크 촛불을 껐을 때가 다였다. 나는 어색해서 괜히 헛기침을 했다.

"자! 그럼 이제 수호의 이야기를 들어 볼까?"

나는 밤하늘을 올려다보았다. 둥근 보름달이 나를 내려다보고 있었다. 드디어 내 차례였다. 마지막 숙제를 끝내야 할 시간이었다. 나는 심호흡을 하고 입을 열었다. 내가 사랑하는 늙은 팽나무도 달도 연못도 밤하늘도 천사의 정원을 둘러싼 밤공기도 내 이야기에 귀를 기울이는 것 같았다. 반짝이는 수많은 별들도.

수호의 이야기
고장 난 아이

"제발 말 좀 들어."

내가 살아 있는 동안, 내 인생에서 가장 많이 들은 말이 바로 이거야.

나는 처음부터 고장 난 아이였어. 흔히 말하듯 나사 빠진 녀석이었지. 해야 할 일은 죽어라 하기 싫어하고 하지 말아야 할 짓만 죽어라 했어. 나는 이상하게 뭔가에 중독이 잘되는 편이었어. 좋은 것에 중독이 되면 좋겠는데 나쁜 것에 중독이 될 때가 많았어.

나는 안드로메다로 잘 빠진다고 별명이 '안드로 정'이었어. 수업 시간에는 늘 딴생각에 빠져 있기 일쑤였지. 숙제도 제대로 한 적이 없고 준비물도 늘 빠뜨리고 물건을 잃어버릴 때가 다반사였어. 수업 시간에 필기를 해 본 적도 없고 수행평가는 늘 망쳤어.

나는 지독히도 말 안 듣는 아이였어. 부모님, 선생님, 어른들 말이라면 다 안 들었어. 일부러 안 들은 게 아니라 못 들었어. 사람들의 말이 제대로 들리지 않았어. 학교에서 수업을 듣고 있으면 전혀 귀에 안 들어왔어.

공부엔 집중을 하나도 못 했는데 화장실에 가는 시간도 아까워할 정도로 게임을 했어. 내가 빠진 게임은 롤이었는데, 중독성이 강력한 게임이었거든. 방학 때는 아침에 눈 뜨자마자 게임을 시작해서 잠들 때까지 게임을 했어. 밥도 먹지 않고 게임을 하다 지쳐서 쓰러질 정도였지. 엄마 아빠가 편의점을 하셨는데 주말에는 하루 열다섯 시간 이상 게임하는 건 기본이었어. 먹지도 않고 씻지도 않고 잠도 안 자고 게임에 빠져 있느라 학교에 지각할 때도 많았지. 학교에서는 아예 엎드려 잤어. 집에서 컴퓨터를 못 하게 해서 피시방에 가서 사는 날이 많았어.

내가 게임을 너무 심하게 하니까 엄마는 출근할 때 키보드와 마우스를 가지고 갈 때도 있었어. 나 하나 잘 키워 보겠다고 고생하시는 부모님은 나 때문에 걱정이 많았어. 게임 중독에 빠진 나 때문에 우리 집은 하루도 조용할 날이 없었지.

하도 게임을 많이 하니까 부모님이 컴퓨터에 비밀번호를 걸어 놓고 출근했어. 부모님 전화번호나 생일, 결혼기념일을 차례대로 쳐 보았어. 부모님 결혼기념일을 치니까 열려라 참깨를 외친 것처럼 비밀번호가 풀리는 거야. 나는 감격에 겨워 집이 떠나가라 만세를 불렀지. 미친 듯 게임에 빠져 있느라 엄마가 현관문을 열고 들어오는 소리도 못 들었어.

"정수호! 너 뭐 해?"

엄마가 방에 들어오더니 컴퓨터 플러그를 확 잡아 뺐어. 한참 이기는 중이었는데 세상이 다 끝장난 느낌이었어.

"아, 씨! 왜 그래? 엄마! 왜 그러냐고오오?"

나는 자리에서 벌떡 일어나 소리를 질렀어. 컴퓨터 전원을 끈 엄마가 너무 원망스러워 미친놈처럼 소리를 지르고 난리를 쳤어.

"아 씨! 물어내! 엄마 때문에 졌잖아!"

"너 뭘 잘했다고 큰소리야? 비번은 어떻게 알아낸 거야?"

"몰라! 몰라! 엄마 때문에 게임 졌어. 물어내."

고딩이 부끄러운 줄도 모르고 아이스크림 먹다 뺏긴 아이처럼 억지를 부렸어.

"너, 아빠한테 혼날 각오해."

나는 이젠 죽었다 싶었어. 게임하는 거 걸리면 아빠가 컴퓨터를 때려 부순다고 했거든. 엄마한테 다시는 안 하겠다고 싹싹 빌었어.

어떤 날은 부모님 몰래 종일 게임 하다 열이 40도까지 올라 응급실에 실려 간 적도 있었어. 컴퓨터 게임 화면을 켜 놓고 책상 밑에 쓰러져서 끙끙 앓고 있는 나를 본 엄마는 비명을 질렀어.

아들이 죽는 줄 알고 엉엉 울기까지 했어.

내가 쓰러진 것 때문에 화난 아빠가 게임 못 하게 집에서 컴퓨터를 없앴어. 나는 게임을 할 수만 있다면 불구덩이든 지옥이든 들어갈 수 있을 것 같았어. 학원 갈 시간드 빼먹고 피시방에 죽치고 앉아서 게임을 했지. 그렇게 중학교 시절을 보내고 고등학교에 입학하면서는 학교에 더 자주 빠지고 피시방에 살다시피 했지.

집에서 종일 게임을 하고 있는데 친구에게서 전화가 왔어.

"야! 나 사다리 게임으로 돈 엄청 땄어. 죽이지 않냐?"

친구의 목소리는 잔뜩 신이 나 있었어. 나는 그 친구가 헛소리하는 줄 알았어.

"뭐? 게임으로 돈을 딴다고?"

"야! 롤만 게임이냐? 돈 따는 게임을 해 봐. 게임도 하고 돈도 번다니까. 폰만 있으면 돼."

"폰 게임으로 진짜 돈을 번다고? 그게 사실이야?"

나는 멍청하게도 그게 그냥 게임인 줄 알았어. 게임으로 돈을 벌 수 있다니 나도 한번 해 보고 싶었어.

"진짜라니까! 난 5만 원으로 시작했거든. 50만 원이나 땄어."

"대박! 열 배를 벌었다고?"

나는 친구가 알려 준 도박 사이트에 바로 접속했어. 성인인증 없이 이메일 주소와 계좌만 있으면 간단히 게임을 할 수 있었지.

사다리 게임은 쉽고 간단해. 5분마다 홀이나 짝 하나에 베팅한 뒤 사다리 타기로 승부가 결정되는 복불복 방식이야.

게임을 시작한 지 사흘 만에 5만 원으로 120만 원을 땄어. 내 인생에서 가장 짜릿한 순간이었지. 금세 돈을 벌 것 같았어. 밤낮을 안 가리고 계속했는데 역시 끝은 나락이었어. 계속 돈을 넣었지만 딴 돈을 금방 다 잃었어. 마지막으로 10만 원을 넣어서 잃으면 안 하겠다고 마음먹고 충전을 해서 베팅을 했어. 돈을 땄을 때의 짜릿함을 다시 맛보고 싶었어. 그 짜릿함은 세상 그 무엇과도 바꿀 수가 없었거든. 마음 한편으론 몽땅 잃고 다시는 도박을 안 할 수 있으면 좋겠다고 생각했는데 막상 잃으니까 죽고 싶을 정도로 괴로웠어.

돈을 땄던 그 순간의 짜릿한 쾌감 때문인지 자꾸 하고 싶었어. 참고 있으면 마약 중독자처럼 금단 증상이 와서 미칠 것 같았어. 돈을 잃으면 본전 생각에 계속하게 되었지. 며칠 참았는데 친구들에게 빌린 돈을 갚으려고 다시 도박을 시작했어. 도박할 자금이 없어 집 안 물건에 손을 댔어. 절벽에 아슬하게 매달려 있는 기분이었지. 언제든 떨어질 것만 같았어.

사다리 게임을 하다 달팽이 게임에도 빠졌어. 사다리 게임이나 달팽이 게임이 학교 애들 사이에서 대유행이었지. 머리 아프게 전략을 고민할 필요도 없었어. 짧은 시간에 돈을 걸고 결과를 바로 확인할 수 있어서 완전 인기였어. 달팽이 게임은 달팽이 세

마리 중 목표 지점에 먼저 골인하는 달팽이어 건 사람이 이기는 게임이야.

진짜 안 하려고 매 순간 다짐해도 결심은 모래성처럼 와르르 무너졌어. 5만 원, 7만 원씩 매일 날렸어. 진짜 오늘은 딸 수 있을 것 같은데, 오늘은 진짜일 것 같은데, 그런 기분으로 도박에 매달렸어. 누가 나를 줄에 매달고 조종하는 것 같았어. 돈을 딸 때의 그 짜릿한 순간이 자꾸 생각났어. 안 해야 되는데 잃은 돈을 만회해야겠다는 생각뿐이었어.

"나, 돈 좀 빌려줘! 10만 원만. 금방 갚을게."

도박할 돈을 구할 수 없어서 친구에게 빌렸어. 그 친구는 사채업자처럼 반 아이들에게 돈을 빌려주고 이자를 받았지.

"선이자 20프로 떼고 매달 10프로 이자 내.'

친구는 완전히 악덕 사채업자 같았어. 친구에게 빌린 돈으로 도박을 했는데 일주일 만에 다 날리고 마이너스가 됐어. 또 10만 원을 더 빌렸다가 다 날렸어. 이자도 못 갚자 친구는 날마다 원금을 갚으라고 독촉했어.

"야! 언제 갚을 거야? 빨리 갚아."

"한 번만 봐줘. 지금 나 돈 하나도 없어."

"안 갚으면 니네 부모님한테 말하면 되지 뒤."

능구렁이처럼 말하는 친구가 징그럽고 무서웠어.

"야! 꼭 갚을게. 무슨 일이 있어도 갚을게. 아빠 알면 나 죽어."

아빠가 알게 될까 봐 너무 무서웠어. 당장 집에서 쫓겨날 것 같았어. 도박 때문에 친구에게 돈까지 빌린 걸 알면 너무 큰 충격을 받을 것 같아 겁이 났어.

"너 진짜 돈 안 갚을 거야? 일주일이나 기다렸잖아?"

"새끼야! 갚을게. 갚는다고!"

"어쭈! 오늘 너희 집에 찾아간다. 기다려."

"야! 그건 절대 안 돼. 아빠 알면 나 죽어! 어떻게 해서든 갚을 테니까 하루만 시간 줘."

나는 빚 때문에 악몽에 시달렸어. 친구가 집에 찾아와 부모님에게 도박 빚을 냈다고 말하는 악몽을 꾸다 벌떡 일어나곤 했어. 온몸에 식은땀이 흥건했어.

빚 독촉에 시달리다 아빠 지갑에 있는 돈 10만 원, 엄마 지갑에서 20만 원을 훔쳐 냈어. 친구에게 돈을 갚으려다 곧바로 도박으로 날렸어. 끊자고 다짐한 것만 백 번은 넘어. 아까운 내 돈을 잃었다는 생각에 그 돈을 찾아야겠다 싶어 도박을 끊을 수가 없었어. 엄마가 왜 지갑에서 돈이 자꾸 없어지는지 모르겠다고 하면 괜히 찔려서 얼굴을 들 수가 없었어.

"요즘 왜 그리 돈을 많이 써? 혹시 나쁜 애들한테 돈 뜯기는 거 아냐?"

밥을 먹다 엄마가 의심 가득한 눈빛으로 캐물었어.

"실은 여친 생일 선물 주려고 돈 모으는 거야. 영화도 보고 밥도 먹고 놀이공원도 가고."

순간 나, 진짜 천재 아닌가 싶었어. 거짓말이 입에 붙은 나는 있지도 않은 여자 친구 핑계를 댔지. 내가 생각해도 이런 거짓말을 할 수 있다니 믿기지 않았어.

"이야! 우리 아들이 여친을 사귄다고? 축하히! 멋져!"

아빠는 너털웃음을 터뜨렸어. 모태솔로였던 아들에게 여친이 생겼다고 전교 1등 한 것처럼 기뻐해 주셨지.

"데이트하려면 돈 많이 들겠지?"

아빠는 지갑에서 5만 원을 꺼내 내밀었어. 안 그래도 엄마 아빠가 운영하는 편의점도 요즘 매출이 줄어드는데 쥐꼬리만큼 남은 양심이 찔렸어. 거짓말할 때마다 들킬까 봐 비참하고 초라하고 심장이 떨렸어. 그러면서도 부모님께 걸리지 않았다는 사실에 안도했어. 한동안은 부모님께 미안해서 도박을 참았어. 부모님께서 주신 용돈도 다 날리고 빌릴 데도 없어서 돈이 없으니까 참았다고 생각한 거였지. 죽기 살기로 한 달을 참아 낸 내가 기특했어. 일본 순사의 잔인한 고문을 견디는 독립투사라도 된 것처럼 말이야.

한 달을 겨우 참았는데, 죽을 각오로 참았는데 친구가 '꽁머니'를 준다고 하는 말에 귀가 솔깃했어. 공짜라는 말에 홀려 토토라는 도박을 시작했어. 보통 한번 시작하면 끝을 보는 성격인데 조절을 하면서 하루에 몇 만 원이라도 딴다면 그만하려고 애를 썼지. 하지만 전에 잃었던 돈을 따고 빚을 갚아야겠다는 생각에 욕심을 부리다 돈을 다 잃었어. 토토에 용돈을 다 날리고 나서 멘털이 나가 죽고 싶었어.

친구에게 빌린 돈 때문에 빚이 늘어 불안하고 쫓기는 기분이었어. 어떻게 해야 도박을 끊고 살 수 있을까, 고민했지만 그럴수록 도박하고 싶다는 생각에 미칠 것 같았어. 마치 알코올 중독자들이 술을 원하는 그런 상태 같았지. 부모님께 거짓말해서 돈받아 내는 게 너무 미안했어. 눈만 뜨면 잃은 거 복구하자는 마음으로 도박을 했지만 계속 돈을 잃었어.

돈을 다 잃고 세상 다 잃은 얼굴로 집에 들어갔어. 현관문을 열자마자 맛있는 음식 냄새가 풍기는 거야.

"아들, 어서 와!"

편의점 일을 하다 집에 오신 엄마가 나를 반겨 주셨어. 식탁 위에는 내가 좋아하는 딸기 케이크까지 놓여 있었어.

"웬 케이크야? 오늘 누구 생일이야?"

"아들 배고프지? 우리 아들 좋아하는 갈비찜 해 놨어. 세상에 하나밖에 없는 아들 생일인데 깜박했지 뭐니. 아들 미안해."

엄마는 내게 미안한 얼굴로 말했어. 도박에 미쳐서 내 생일인 줄도 모르고 있었는데, 낯을 들 수 없었어. 나는 부모님 생일 선물 한 번 챙겨 드린 적도 없었거든.

"오늘은 알바생 대타로 불렀어. 아침에 미역국도 못 끓여 주고 엄마가 진짜 미안하다. 요새 정신이 없어."

갑자기 눈물이 왈칵 쏟아져서 화장실에 뛰어 들어갔어. 변기에 앉아서 소리 죽여 울었어.

"수호야, 왜 그래? 무슨 일 있어?"

엄마가 화장실 문을 두드렸어. 나는 배가 아파서 저녁을 못 먹겠다고 하고 방에 들어갔어. 엄마는 약국으로 약을 사러 가셨지. 일하다 아들 생일상 차리러 온 엄마, 밥 먹을 자격도 없는 쓰레기 아들을 위해 갈비찜까지 해 놓은 엄마, 배 아프다고 거짓말을 하는 아들을 위해 약을 사러 가는 엄마. 도박 때문에 시간 낭비하고 돈 날리는 아들을 믿는 엄마. 세상에 나같이 불효막심한 놈이 있을까. 심장이 갉아 먹히는 것 같았어. 나 하나 잘 키워 보겠다고 밤늦게 일하시는 엄마를 속이다니. 내 자신이 너무 싫고 한심해서 벽에 머리를 쾅 박았어.

난 원래 고장 난 놈이잖아? 언제 그런 일이 있었냐는 듯 엄마 지갑에서 또 20만 원을 훔쳤어. 내가 돈을 훔친 다음 날, 엄마 아빠가 안방에서 싸우는 소리가 들렸어.

"수호 아빠! 내 지갑에서 돈 가져갔지? 20만 원 안 가져갔어?"

"뭐?"

"지난번에도 돈이 없어졌는데 당신이 가져갔잖아? 돈 필요하면 제발 말 좀 하고 가져가."

"이 사람이 말이면 단 줄 알아? 사람을 뭘로 보고. 치매 걸렸어? 정신 좀 똑바로 챙기고 다녀."

"치매라니? 내가 언제 돈 계산 틀리는 거 봤어? 20만 원이나 지갑에서 없어졌으니까 하는 소리지. 진짜 귀신이 곡할 노릇이네."

"혹시?"

"혹시 뭐? 당신 수호 의심하는 거야? 우리 아들은 절대 그럴 애가 아냐. 거짓말한 적은 많아도 도둑질은 안 해. 난 우리 수호 믿어. 당신은 하나밖에 없는 아들을 그렇게 못 믿어? 사람이 왜 그래?"

엄마는 내가 한 나쁜 짓들을 다 알게 된다면 아마도 기절할 거야. 난 몰래 담배도 피워 봤고, 애들이랑 술 마신 적도 있었어. 자전거까지 훔쳐 당근에 팔아서 도박을 했다는 걸 알면 땅을 치실 거야. 걸리지 않았다 뿐이지 내가 한 나쁜 짓은 셀 수 없이 많았지. 난 정말 쓰레기 같은 놈이었어.

"난 혹시나 해서."

"당신, 진짜 실망이야."

엄마가 문을 쾅 닫고 안방에서 나왔어. 안방 문 앞에 서 있던 나는 뭐가 떨어진 것처럼 줍는 척했어. 엄마는 아무 일도 없었던 것처럼 내게 미소를 지어 주었어.

도박하면 안 된다는 걸 아는데 어떤 목소리가 자꾸 들려와. 돈이 최고야. 무조건 돈만 따면 돼. 돈이면 다 되는 거잖아. 돈 버는 건데 뭐가 나빠? 안 걸리면 되지 뭐. 걸리면 죽어도 안 하겠다고 싹싹 빌어. 잃은 돈 다시 따야 하잖아. 까짓것 한 방이면 돼. 본전도 찾고 잃은 돈 다 딸 수 있어. 거짓말하고 사기 치고 도둑질하면서 도박하라니까. 마치 인어공주에게 목소리를 내놓으면 두 다리를 가질 수 있게 해 주겠다고 유혹하는 마녀의 목소리 같았어. 언제든 다시 딸 수 있다고 유혹하는 그 목소리 때문에 견딜 수가 없었어.

실제로 그 목소리뿐 아니라 진짜로 전화가 오기도 해. 상담 직원이 게임 머니를 공짜로 준다고 도박 사이트를 홍보하는 전화를 걸곤 해. 문자가 하루에 열 통이 넘게 온 적도 많아. 이벤트로 5만 점 포인트 제공이나 마일리지 제공을 한다는 문자가 많이 와. 접속만 하면 공짜로 도박할 수 있다고 달콤하게 유혹해. 아이스크림이나 케이크 교환권, 치킨 교환권, 맥도날드, 스타벅스 쿠폰을 주겠다고 꼬드기는 도박 사이트 주소 링크가 쉴 새 없이 날아와.

친구를 추천하면 꽁머니 3만 원이나 4만 원을 줘. 가입만 해도 꽁머니를 지급해. 꽁머니로 게임을 하고 또 그렇게 옆 친구를 소개하다 보면 바이러스처럼 도박이 퍼져 나가. 도박에서 빠져나오고 싶어도 물귀신처럼 물고 늘어져. 나 같은 문제아들만 도박에 빠지는 게 아니고 범생이들도 도박에 빠지지. 가난한 아이, 집이 부자인 아이들도 한순간에 도박에 빠져 허우적거리게 돼 있어.

도박 비용을 구하기 위해 돈이 될 만한 것이면 뭐든지 내다 팔았어. 부모님께 게임기 산다고 25만 원 받고 도박으로 잃고 옷 산다고 5만 원 받고 그 돈으로 도박하다 바로 잃었어. 당근에 새 운동화도 내다 팔고 집을 뒤져 중고 전자 기기를 몰래 내다 팔았어. 집 안의 물건을 내다 판 돈으로 토토를 했어.

하루는 집 안을 뒤지다 엄마 화장대 맨 아래에서 보석함을 보았어. 결혼반지와 목걸이, 내 돌 반지 세 개가 들어 있었어. 심장이 두근거렸어. 이거 팔면 다 얼마일까. 이거라도 금은방에 내다 팔까 하는 생각이 들었어. 그러다 정신이 퍼뜩 들었어. 이젠 하다 하다 엄마 결혼반지까지 내다 팔 생각을 하다니. 나는 인간이 아니었어. 내 손을 망치로 짓이기고 싶었어.

그리스 로마 신화에 보면 배고픔이라는 저주를 받은 에리직톤이 나오잖아. 에리직톤이 자기 딸을 음식과 바꾸려고 팔았던 것처럼 도박을 위해선 못 할 짓이 없었어. 지금까지 잃은 돈을 합치면 600만 원이 넘을 거야. 고등학생이 그 큰돈을 잃었다니 나도 내가 한 짓이 믿기지 않아. 돈을 잃고 나면 에리직톤의 징그러운 이빨이 떠올라. 배고픔의 저주를 받아 제 몸을 다 뜯어 먹고 마지막엔 이빨 하나로 남은 에리직톤. 그 끔찍한 이빨이 보이는 것 같았어.

도박을 끊으려고 손을 자른 사람이 손 대신 발로 도박을 하게 된다는 말이 거짓말은 아닌 것 같았어. 정말 도박은 죽어야 끝이나. 너무 살기 싫고 당장이라도 죽고 싶었어. 내가 괴물이 된 것만 같았어.

새벽 내내 도박하고 학교에선 맨날 잠만 잤어. 거짓말을 달고 살았어. 돈을 빌리기 위해 거짓말을 진짜처럼 하고, 어떨 땐 돈을 빌리기 위해 눈물까지 흘렸어. 눈물을 흘리는 연기를 해야 돈을 쉽게 빌릴 수 있으니까. 꿈에서도 도박 생각을 하게 되니 24시간 도박 생각에서 빠져나올 수가 없었어. 언제 들킬지도 몰라 조마조마하고 너무 힘들었어. 부모님께서 주신 용돈으로 돈을 날렸다는 걸 생각하면 내가 너무 싫고 죽고 싶었어. 엄마 아빠가 알면 충격을 받으실 것 같아 눈물만 나왔어. 멘털이 나가서 자살할 결심을 했어. 난 살 가치가 없는 놈이었어.

식구들이 잠든 이른 새벽에 일어나 높은 건물 옥상에 올라갔어. 모두가 잠든 새벽에 죽기 위해 옥상에 올라온 내 처지가 너무 비참하고 불쌍했어. 막상 죽으려니 너무 무섭고 겁이 나서 그냥 집에 돌아왔어. 새벽에 집에 들어가니까 주방에서 밥을 하던 엄마가 깜짝 놀라서 국자를 떨어뜨렸어.

"왜 새벽에 잠도 안 자고 돌아다녀? 뭐 하러 나갔는데?"
"핫식스 마셔서 잠이 안 와서……."
"몸에도 안 좋은 걸 왜 마셔? 혹시 너 무슨 일 있어?"
"아니라니까!"

나는 괜히 신경질을 내며 방으로 들어갔어. 엄마 미안해! 나는 이불을 뒤집어쓰고 가슴을 주먹으로 치며 울었어.

"수호야! 혹시 무슨 일 있어?"

엄마가 문을 두드리며 말했어.

"없어! 아무것도 없다니까!"

나는 소리를 버럭 질렀어.

"힘든 일 있으면 혼자 고민하지 말고 엄마한테 말해. 알았지?"

나는 울음이 새어 나갈까 봐 입을 틀어막았어. 엄마에게 다 털어놓고 엉엉 울고 싶었지만, 죽어도 그럴 순 없었어. 심장 약한 엄마가 쓰러질까 봐.

천국이란 포장지로 감싼 지옥의 입장권이 바로 핸드폰이야. 핸드폰이 손에 있는 한 도박은 끊을 수가 없어. 폰만 쥐면 때와 장소를 가리지 않고 도박 사이트에 접속할 수 있으니까. 가입하면 신상이 털려서 도박 사이트 수백 개에 정보가 퍼지게 돼. 그럼 다른 업체에서도 문자나 카톡이 와. 도박에 빠진 애들이 전부 나 같은 문제아만 있는 건 아니야. 전교 1등을 하던 애도 달팽이 게임에 빠져 수백만 원을 잃고 성적이 뚝 떨어진 일도 있었으니까.

도파민의 천국 도박 사이트는 개미귀신이야. 도박에서 빠져나올 수 없도록 함정을 파 놓고 아이들을 끌어들여. 처음엔 돈을 좀 따기도 하지만 환전하려면 돈을 넣게 해서 다시 게임을 하게 만들어. 돈을 제때 주지 않기 때문에 빠져나올 수가 없어. 계속 베팅 금액이 늘게 만들어서 본전 생각이 나게 해. 처음엔 재미로 했다가 점점 중독의 늪에 빠져들 수밖에 없는 거지.

도박에 중독된 아이들은 도박 자금을 구하기 위해 도둑질도 해. 심지어 금은방을 털고, 무인점포를 털기도 하고, 사기도 예사로 치곤 해. 불법 음란물을 구해서 파는 애들까지 있을 정도야. 당근에 인기 가수 콘서트 표를 양도한다는 글을 올린 뒤에 도박 사이트 계좌로 돈을 입금하게 만든 간 큰 아이도 있었지. 중고물품을 판다는 글을 올려놓고 돈만 송금받고 잠수를 타는 짓도 서슴지 않아. 연예인이나 반 아이들 얼굴로 딥페이크를 제작해 팔다 소년원에 간 애들도 있어.

돈을 구할 수 있다면 무슨 짓이든 하는 괴물로 변해. 괴물이 된 아이들도 어릴 땐 천사 소리를 듣던 아이들이었겠지. 나도 거리에 세워져 있는 자전거를 세 번이나 훔쳐서 팔았어. 도박 때문에 도둑질을 한 내가 괴물 같았어. 나는 불량품이고 아무 쓸모없는 놈이었어. 나 같은 놈은 죽어 마땅한 것 같았어. 내가 사람이 아니라 바이러스에 감염된 좀비가 된 것만 같았어. 나는 정말 왜 이럴까? 그냥 죽어 버리는 게 낫지. 이런 생각도 수없이 했어.

매일 죽을 생각만 하고 있었어. 그러던 어느 날 100만 원에서 700만 원까지 학생 대출이 가능하다는 문자를 받았어. 하늘에서 내려온 구원의 동아줄 같았어. 그 돈만 있으면 빚도 갚고 그동안 잃었던 돈을 다 복구할 수 있다는 생각이 들었어. 나는 앞뒤 생각도 하지 않고 아빠 주민번호를 대고 500만 원이나 대출 신청을 했지.

근데 그 사람들이 집까지 찾아올 줄은 꿈에도 몰랐던 거야. 낯선 사람들이 대출 서류에 아빠 도장을 받으러 집에 들이닥치자 아빠는 기절할 것 같은 얼굴이었어. 내가 벌인 짓에 충격을 받아 얼이 나간 표정이었지.

"세상에! 도박에 빠져 대출을 냈다고? 그것도 학생이란 놈이? 니가 인간이냐? 이 새끼야! 정신이 있어? 없어?"

머리끝까지 화가 치민 아빠가 내 머리를 손바닥으로 연거푸 세게 후려쳤어. 너무 세게 얻어맞아 정신을 차릴 수 없었어.

"정신 병원에 처넣어야 정신을 차릴래? 너 같은 새끼는 필요 없어. 나가 죽어!"

아빠는 얼굴이 벌게져 소리를 질렀어. 아빠가 너무 속이 상해서 홧김에 한 말이란 것을 알고 있었어. 그래도 나가 죽으란 말을 하는 아빠가 원망스러웠어. 내가 한 짓은 생각도 못 하고.

"그래, 죽어 버릴 거야!"

"나가 죽어! 이 새끼야. 차라리 나가 죽어!"

그 말이 활시위를 당겼어. 그 말이 나를 불덩어리로 만들었어. 머리끝에서 발끝까지 번갯불이 관통하는 것처럼 온몸이 찌릿하고 소름이 쫙 끼쳤어. 심장이 산산조각으로 찢겨 나가는 것 같았어. 아빠 말대로 내가 죽어야 끝나는 일이었어.

모든 사람에게 삶이 죽음보다 나은 건 아니야. 내가 살아 있는 한 나는 죽을 때까지 도박의 노예로 살겠지. 엄마 아빠는 도박에 중독된 자식 때문에 지옥에서 살게 될 거고. 손가락을 잘라 내도 발가락으로 도박을 한다는 말이 무슨 말인지 확실하게 알 것 같았어. 도박 중독자 치료 모임에도 나가고 정신 병원에 1년간 입원했다가 나온 아이도 다시 도박에 빠지는 걸 봤으니까. 도박 사이트가 완전히 없어지면 모를까, 혼자 힘으로 도박에서 빠져나올 길은 없어.

내가 없어져야 엄마 아빠가 편안하게 살 수 있다고 생각했어. 나처럼 의지력이 약한 놈은 절대 도박을 끊을 수가 없으니까. 부모님께 속죄하는 길은 죽음뿐이라고 생각했어.

밤늦게 퇴근한 엄마 아빠가 잠들기를 기다렸어. 나는 이불을 뒤집어쓰고 잠든 척했어. 새벽까지 기다렸어. 목에 충전기 줄을 감고 힘껏 잡아당겼어. 숨이 막히고 너무 괴로워서 손에 힘이 저절로 풀렸어. 눈에서 눈물이 찔끔 비어져 나왔어. 현관문을 살그머니 열고 밖으로 나왔어. 건너편 복도식 아파트 10층으로 올라갔어.

내가 세상에 남겨 두고 갈 것은 아무것도 없었어. 나는 운동화를 신은 채 복도 난간에서 그대로 뛰어내렸어. 비로소 나는 도박에서 완전히 해방됐어. 내가 죽고서야!

끝까지 살아만 줘!

내 이야기가 끝나는 것과 동시에 아이들의 머리에서 뱀이 거짓말처럼 사라졌다. 마치 뜨거운 햇빛 아래서 얼음이 금방 녹아 버리는 것 같았다.

"와! 뱀이 사라졌다."

"어? 진짜! 뱀이 사라졌어."

아이들이 함성을 질렀다. 나는 만세를 부르며 펄쩍펄쩍 뛰었다. 마치 트램펄린을 타는 것처럼, 무중력 상태에서 점프하는 것처럼 높이 날아올랐다. 아이들의 얼굴이 기쁨으로 빛났다. 나는 로운이와 현성이를 얼싸안았다. 채은이와 은서는 손을 잡고 팔짝팔짝 뛰었다.

"와! 사장님 너무 고마워요. 사장님 최고예요."

내가 최녹사에게 고개를 꾸벅 숙이자 아이들도 다들 고맙다고 인사를 했다.

"뱀이 없는 보통 귀신이 된 게 그렇게 좋니?"

최녹사의 말에 보통 귀신이 된 아이들이 와르르 웃었다. 보통이 특별한 것보다 더 좋다는 걸 처음 알았다.

"얘들아! 모두 장하다. 죽어 마땅한 아이, 죽는 게 나은 아이는 아무도 없단다. 누가 인정하든 말든 너희는 그 자체로 소중해. 자! 얘들아! 가장 힘든 일을 해낸 너희에게 줄 상이 있단다."

"녹사님! 혹시 우리 다시 살려 주는 거예요? 다시 환생할 수 있어요?"

은서가 눈을 빛내며 물었다.

"다시 살고 싶니?"

최녹사가 아이들을 둘러보며 물었다. 고개를 끄덕이는 아이들 눈에 눈물이 글썽거렸다. 저마다 가족이나 친구를 떠올리는 것 같았다.

"딱 한 번만이라도. 한 시간만이라도 살고 싶어요."

현성이 말하자 아이들이 간절한 얼굴로 고개를 끄덕였다. 은서와 로운의 눈에서는 눈물이 툭 떨어질 것 같았다. 단 한 시간만이라도 살고 싶다는 현성의 간절한 마음이 이해되었다.

"저승에서는 아무 고통도 없다 해도 다시 살고 싶어요. 꼭 살고 싶어요."

채은은 눈을 깜빡이며 밤하늘을 올려다보았다. 우리의 마음을 안다는 듯 숲에서 부엉이 우는 소리가 들렸다.

"죽으면 끝이야. 환생 같은 건 없어. 슬프게도 삶은 단 한 번뿐이야. 그래서 삶이 눈부시게 아름답고 소중한 거지. 살아서 돌아가고 싶겠지만 다시 살 순 없어. 죽음은 영원히 돌이킬 수가 없단다."

최녹사가 아이들을 하나하나 둘러보았다. 아이들 얼굴에 실망의 빛이 가득했다. 꿈속에서처럼 꼬집어도 아무런 통증도 안 느껴지는데 이 모든 일이 진짜 꿈이라면 얼마나 좋을까. 주인공이 어떤 끔찍한 일을 겪은 이야기의 끝부분에 '이 모든 것은 꿈이었다'로 끝나는 맥 빠지는 반전 말이다. 재미없어도 꿈이었다로 끝나면 얼마나 다행일까? 그러면 다시 한번 더 살 수 있을 것이다. 절대 죽음을 선택하지 않았을 것이다. 다시 한번 더 힘을 내 살았을 것이다. 망가지고 고장 났을지라도 살았을 것이다. 못난 내 자신을 사랑하면서.

"다시 살 순 없지만, 오늘 밤 너희가 가장 만나고 싶은 사람의 꿈속으로 들어갈 기회를 줄 거야. 사랑하는 사람들에게 제대로 된 작별도 못 했지? 못다 한 작별 인사를 꿈속에서 하고 올 기회를 주겠다. 못 했던 말을 다 하고 오렴. 귀신들이 가장 원하는 최고의 상이지."

시무룩하던 아이들의 얼굴이 조금 펴졌다.

"녹사님! 한 사람의 꿈속에만 들어갈 수 있어요?"

현성이 간절한 얼굴로 최녹사에게 물었다. 현성이는 만나고 싶은 사람이 많은 것 같았다.

"사장님! 최소 두 사람은 만나게 해 주셔야죠. 엄마만 만나고 오면 아빠는요?"

내가 최녹사에게 따졌다.

"단 한 사람에게만 갈 수 있어."

약속을 지켰다고 고마운 마음이 들었는데 취소다. 진짜 야박한 최녹사라니까. 단 한 사람에게 갈 수 있다면 나는 엄마의 꿈속으로 들어갈 생각이었다. 아빠에게 미안하다고 전해 달라고 말하고 싶었다. 미안해하지 말라고, 내가 죽은 건 결코 아빠 탓이 아니라고 말하고 싶었다. 아이들은 꿈에서 만나고 싶은 사람을 떠올리는 것 같았다. 엄마나 아빠, 친구와 가족을 떠올리는 아이들의 얼굴은 간절했다. 죽고 나서도 마지막으로 남는 것은 사랑이라는 생각이 들었다.

현성이는 여친을 만나러 갈까? 아니면 엄마를 만나러 갈까? 아마도 은서는 엄마를 만나러 갈 게 분명한 것 같았다. 마지막으로 부른 사람이 엄마였으니까. 아마 채은이도 엄마를 만날 것 같았다. 로운이는 어쩌면 그 아이를 만나러 갈 수도 있지 않을까. 고백도 못 해 보고 왔으니까. 그건 각자 스스로 선택해야 할 몫이었다.

"수호는 잠시 남아 봐. 얘들아! 자, 출발해!"

최녹사의 말이 끝나기 무섭게 아이들이 마지막 작별 인사를 하기 위해 홀연히 사라졌다. 귀신같이 휙 사라지는 걸 보니 다들 귀신인 건 분명했다.

최녹사가 나에게 자리에 앉아 보라고 했다. 뜸을 들이는 게 뭔가 할 말이 있는 듯한 눈치였다. 엄마의 꿈속으로 가기 전에 나도 최녹사에게 할 말이 많았다. 뭐든 잘 못 참는 내가 먼저 입을 열었다.

"사장님! 제가요, 완전히 달라졌어요. 저승이 원래 이래요?"

"뭐가 달라졌는데?"

"제일 못하는 게 듣기였거든요. 듣기 능력이 완전 최고치로 올라갔어요. 새로운 능력치가 생겼달까? 초능력이 생긴 기분이에요."

"잘됐구나. 그래, 어떤 마음으로 들었니?"

"이 순간이 마지막이라고 생각했어요. 처음이자 마지막으로 이 힘든 이야기를 하는 거니까, 잘 들어야지 이렇게 생각했죠. 그러니까 아주 잘 들리던데요."

"그래. 같은 상처가 있는 아이들의 이야기니까, 네 일처럼 깊이 공감했나 보구나. 그런 마음이 바로 사랑이야. 사랑하면 관심이 생기고 관심을 가지면 잘 들리게 된단다."

이야기를 들어 주면서 서로 같은 아픔을 나누었던 때문인 걸까? 아무 말 없이 단지 들어 주기만 했는데도 아이들은 후련한 표정이었다. 만약 살아 있을 때 서로의 이야기를 들어 주면서 고민을 나누었다면 어땠을까. 늙은 팽나무 아래서 이야기를 했듯이 한자리에 모여서 같은 고민을 나누었다면 어땠을까. 나만 죽을 정도로 괴로운 게 아니었구나. 다른 아이들도 무거운 짐을 짊어지고 있었구나. 살아 있을 때 이걸 알았다면 어땠을까.

"내가 말했었지? 너만 뱀이 두 마리인 이유를 알게 될 거라고?"

"안 그래도 진짜 궁금했어요. 은서가 나보고 청소년 자살단 대장이냐고 물었다니까요. 왜 저만 뱀이 두 마리였어요?"

"뱀은 소리를 들을 수 있을까? 없을까?"

최녹사는 내 물음에 답을 하지 않고 오히려 질문했다. 답은 안 가르쳐 주고 엉뚱한 질문을 하는 게 최녹사의 특기였다.

"참 나, 뱀이 소리를 어떻게 들어요? 귀도 없는데?"

"뱀이 귀가 왜 없어?"

"귀 없잖아요? 검색하면 다 나오는데. 사잣님 핸드폰 한 번 줘 봐요."

내가 손을 내밀자 최녹사 손에 있던 핸드폰이 눈앞에서 감쪽같이 사라졌다. 저승에 와서 제일 적응 안 되는 게 내 몸의 일부분이었던 폰이 없다는 거다.

"뱀은 눈 뒤에 작은 구멍이 하나 있어. 머리 안에 귀가 있는데 고막이 없어서 잘 듣진 못하지. 하지만 청각을 대신하는 것은 바로 뛰어난 후각이야. 혀를 끊임없이 날름거린 덕분에 냄새의 종류와 방향까지 감지하지. 배에 있는 비늘로는 땅의 진동을 느낄 수 있어. 청각이 약하기 때문에 온몸을 기울여서 듣는다고 할까?"

"그럼 뱀은 온몸이 귀일 수도 있겠네요. 설마? 애들 이야기 잘 들으라고 저만 뱀 두 마리를 붙여 놓은 거예요? 듣기 숙제 잘하라고?"

"맞아. 너만 왜 뱀이 두 마리인지 알았구나. 뱀처럼 들으라고, 잘 들으라고 그랬단다. 역시 수호는 내 수제자야. 너 진짜 멋지다."

언제는 눈치 없다고 하더니. 나는 최녹사의 폭풍 칭찬에 어색해서 머리를 긁적였다. 지금까지 칭찬이라곤 들어 본 적이 없었으니까.

"제일 못하는 게 듣기라더니 잘 들어 주던데. 온 마음을 기울여서 잘 듣더구나. 정말 장해."

이렇게 칭찬하는 건 뭔가 바라는 게 있다는 뜻이었다. 그런데도 칭찬을 들으니 기분이 좋은 건 뭐란 말인가. 칭찬은 귀신도 춤추게 하는 모양이다.

"나와 같은 아픔을 겪은 아이들이니까, 저절로 귀가 기울여졌어요. 얼마나 아팠겠나, 얼마나 괴로웠겠나 싶어서, 모든 애들이 전부 나 같았어요. 그냥 들어 주길 원했던 거예요. 난 이만큼 힘들었다고, 누군가 아픈 마음을 알아주길 원했던 거였어요. 죽고 싶었던 게 아니라 이해받고 싶었던 거였어요."

죽고 싶었던 아이는 그 누구도 없었다. 누구보다 간절하게 살고 싶었지만 자살이란 방법밖에 몰랐던 것이다. 간절히 살고 싶었던 아이들을 죽음으로 떠민 것은 귀를 막은 세상인지도 몰랐다.

"네 말이 맞아. 모든 비극은 잘 듣지 않아서 생기는 거야. 자살은 누군가 제발 내 말을 들어 달라는 마지막 절규지. 그 피맺힌 목소리를 누군가가 들어 주었더라면 자살을 막을 수 있을 텐데. 누군가의 이야기를 잘 들어 준다는 거, 그건 사랑이야. 사랑은 상대를 이해하고 존중하는 마음이지. 귀를 기울이는 게 바로 사랑이야. 말을 잘 들어 주기만 해도, 아이들을 구할 수 있어. 죽어가는 천사를 살릴 수 있는 건 오직 사랑이야. 사랑만이 아이들을 살릴 수 있단다."

나는 최녹사의 말에 고개를 끄덕였다. 사랑만이 아이들을 살린다는 말이 마음에 와닿았다.

"수호야 넌 멋진 일을 해낸 거야. 넌 잘 들어 주는 사람, 아니 귀신이 됐구나. 장하다 정수호. 잘 들어 주는 귀신이 된 걸 축하한다."

별 걸 다 축하하고 난리다. 잘 들어 주는 귀신이라니, 참 못 말리는 최녹사다.

"근데, 자살한 아이들 이야기 들어 주는 게 무슨 소용 있어요?

살아 있을 때 잘 들어야지. 다 쓸데없는 일 아닌가요?"

"그래. 맞아. 저승 청소년 자살 대책회의에서 모아진 의견이 잘 듣기였지. 살아서 못다 한 말을 할 기회를 저승에서라도 줘야 한다는 결론이 나왔어. 원귀가 안 되도록 뱀을 붙여서 속 이야기를 다 털어놓게 만든 거야. 좀 징그럽긴 하지만 머리에 뱀을 붙인 건 바로 내 천재적인 아이디어였지. 염라대왕님께 칭찬까지 받았다니까. 어때? 내가 좀 멋져 보이지 않냐?"

최녹사는 손가락으로 브이 자를 만들어 턱 밑에 대며 자랑질을 했다.

"와! 그럼 일부러 머리에 뱀을 붙인 거네요? 억지로 이야기하도록 협박한 것 맞죠? 사장님 진짜 나쁘다 정말!"

"협박은 무슨? 다 계획이 있었던 거야."

같은 아픔을 나누는 영혼의 가족을 만나게 해 주기 위해서, 혼자가 아니라는 사실을 알게 해 주기 위해서 뱀을 붙여 놓았던 거였구나. 만약 살아 있을 때 고민을 들어 주는 사람이 있었다면 어땠을까. 오늘 하루 어땠어? 얼마나 힘들면 그랬겠니? 많이 힘들었지? 무슨 힘든 일 있니? 하고 물어봐 주거나 말을 조용히 들어 주는 사람, 무조건적인 내 편이 단 한 사람이라도 있었다면 우리는 납골당으로 오지 않았을 것이다.

"넌 터널 시야에 빠졌던 거야. 다른 아이들도 마찬가지고."

"터널 시야가 뭔데요?"

"차를 타고 터널에 들어가면 터널 끝만 쳐다보게 되잖아? 그 때문에 터널의 출구만 밝게 보이지, 주변은 온통 어둡게 보이고. 터널 시야에 빠지면 올바른 상황 판단을 하기 어려워. 그래서 사고 위험이 커지는 거야."

최녹사의 말이 뭔지 알 것 같았다. 우리 모두는 터널 시야에 빠져 죽음만이 이 어두운 터널을 벗어나는 유일한 길이라고 생각했던 것이다.

"우울증에 걸린 쥐를 물에 빠뜨리면 말이야. 살아나려고 허우적거리지도 않아. 우울증이나 터널 시야에 빠지면 아무것도 안 보이지. 다른 해결 방법이 있는데도 아예 안 보이는 거야. 터널 시야에 빠지면 가장 중요한 걸 하찮게 생각해. 자신이 이 우주에서 단 하나밖에 없는 귀한 존재라는 걸, 목숨만큼 귀한 게 없다는 진실도 잊게 되지. 천사였던 너희를 터널 시야에 빠뜨린 건, 괴물 같은 세상이야. 너희 잘못이 아니란다."

"아니에요. 제가 스스로 걸어 들어간 거예요. 빠져나올 수 없는 엄청 깊은 물인데 그냥 풍덩 뛰어든 거예요. 제 책임이에요."

"오! 멋진데. 이제 정수호가 책임감까지 생겼네. 이래서 처음부터 널 점찍었다니까."

최녹사가 빙긋 웃으며 말했다.

"자꾸 점찍었다고 하시던데 그게 무슨 말이에요?"

"널 내 후계자로 점찍었다는 뜻이야. 수호하면 수호천사가 떠오르잖아? 지키고 보호한다는 수호라는 네 이름부터 딱 맞다 싶었어. 네가 처음 여기 왔을 때부터 내 후계자인 줄 알았어. 처음부터 넌 나를 사장님으로 부르지 않았니? 물론 농담이었겠지만."

최녹사가 의미심장한 표정으로 웃었다.

"사장님 후계자요?"

"넌, 이제 잘 들어 주는 귀신이니까. 내 후계자 일을 충분히 잘 해낼 거야. 아! 대체 얼마만의 후계자냐?"

최녹사는 내가 사장님이라고 불렀더니, 마치 알바생을 채용하듯 나에게 은근슬쩍 일을 맡기려 했다. 누구 좋으라고 내가 이 귀찮은 일을 맡겠는가.

"싫은데요."

"녀석, 좋은 걸 싫다고 말하는 건 여전하네. 내가 천오백 년간 녹사 노릇만 하고 있지만 말이야. 워낙 능력이 출중해서 부르는 데가 많아. 이승에서 말하는 일타강사인 셈이지."

누가 자뻑 대마왕 아니랄까 봐 최녹사는 또 자기 자랑을 늘어놓았다.

"다른 애들은 작별 인사를 하러 이승으로 갔는데 넌 어쩔 거니?"

"저도 갈 거예요. 터널 시야에 빠진 아이부터 찾아갈 거예요. 천사들이 납골당으로 오지 않게 한 명이라도 더 찾아갈 거예요.

죽은 나를 다시 살게 하는 일이에요."

"오! 기특하다. 바로 임무를 시작하려는 게로구나. 역시 넌 내 후계자야. 오늘부터 네게 일을 맡기겠다. 자살하려는 아이들 꿈속으로 찾아가는 임무야. 아이들의 말도 들어 주고 아이들이 원하는 멋진 곳으로 데려가 주렴. 욕심내지 말고 하룻밤에 단 한 명만 만나야 해."

최녹사가 내 어깨를 툭 쳤다. 최녹사의 손이 닿자마자 내게 뭔지 모를 신기한 능력이 생긴 것만 같았다. 나는 그 능력을 한시라도 빨리 시험해 보고 싶었다. 다른 사람의 꿈속으로 들어가는 것은 가상 세계로 들어가는 것이다. 게임 중독자로 가상 세계에서 살았던 그 능력을 귀신이 되어 써먹게 되다니, 피식 웃음이 나왔다.

그날 밤 나는 한 아이의 꿈속으로 들어갔다. 우울증에 걸려 자해에 중독된 중학교 2학년 오승아란 여자아이였다. 승아는 꿈속에서 울고 있었다.

"이생망이야. 나 같은 건 죽는 게 나아."

승아는 입버릇처럼 목숨을 리셋하고 싶다고 혼잣말을 했다. 우울증에 걸릴 이유가 하나도 없는데 우울해하는 자신이 너무 한심했다. 우울증에 걸리는 아이들은 따로 있는 줄 알았다. 아동학대를 당했거나 왕따나 학교 폭력을 당한 아이들이 우울증에 걸리는 줄 알았다. 집이 가난한 것도 아니고 부모님이 이혼을 했거나 부부 싸움을 심하게 하는 것도 아니었다. 부모님이 성적 때문에 잔소리를 심하게 하는 것도 아니었다. 외모도 빠지지 않고 성적도 중간 이상이고 친구들과도 사이가 좋은 편이었다. 승아가 우울하다고 말하면 친구들은 엄살 부리지 말라고 했다.

"오승아! 넌 가짜 우울증, 패션 우울증이라고!"

우울한 척 연기하는 패션 우울증이라고 생각하니 승아는 자신이 더 한심했다. 우울하고 무기력해서 손끝 하나 까딱하고 싶지 않은데 아무도 승아의 마음을 이해해 주는 친구가 없었다. 누구라도 붙들고 단 몇 분만이라도 속마음을 시원하게 털어놓고 싶었다. 친구에게도 가족에게도 선생님에게도 털어놓을 수가 없었다.

승아는 틈만 나면 친구들의 SNS를 들여다보았다. 승아가 우울한 이유는 남들보다 무엇 하나 특별히 잘하거나 뛰어난 게 없어서인지도 몰랐다. 승아는 잘나가는 친구들의 인스타그램을 들여다볼 때마다 우울해지고 질투심이 끓어올랐다. 세상에서 자신이 제일 못났다는 생각이 들면 자해를 했다. 매일 자살이나 자해에 대해 검색하거나 우울증 갤러리에 들어가 글을 읽으며 시간을 보냈다. 얼마 전 강남에서 두 아이가 투신한 다음 날 또 다른 아이가 자살했다는 뉴스를 보며 승아는 한숨을 내쉬었다.

승아는 끝이 보이지 않는 캄캄한 터널 속에서 울고 있었다. 나는 승아를 터널 끝으로 데리고 갔다. 눈이 부시게 푸른 하늘이 보였다. 갯바위에 부딪히는 파도 소리, 밤하늘에 밝게 빛나는 별, 붉게 물든 단풍잎, 풀잎을 흔들고 가는 바람, 강물 위로 반짝이는 햇빛, 새들이 지저귀는 소리, 흩날리는 벚꽃잎을 승아에게 보여 주었다. 모닥불을 피워 놓고 노래를 부르는 사람들을 보며 삶이 얼마나 소중한지, 얼마나 삶이 아름다운지 알기를 바랐다. 승아가 걷지 못한 길, 가지 못한 길을 하나씩 보여 주었다. 승아의 얼굴에 희미한 미소가 떠오를 듯 말 듯했다. 성냥불 같은 작은 불빛 하나가 반짝 켜지는 것 같았다.

"승아야! 많이 힘들지? 지금까지 잘 살아 줬으니까 그냥 살아 있기만 하면 돼. 천사들도 때론 죽고 싶은 순간이 있어. 그럼에도 불구하고 살아. 나비나 비둘기나 길고양이나 나무들은 그냥 살아. 살아갈 이유나 목적을 몰라도, 누가 인정해 주지 않아도 그냥 살아. 개미나 벌레도 최선을 다해 살아. 살아 있는 존재는 사는 게 목적이야. 흐르는 강물처럼 고통도 언젠가는 지나가. 폭풍이 몰아쳐도, 가지가 부러져도, 꿋꿋하게 사는 나무처럼 살아. 폭풍우 치는 날들만 있는 게 아니야. 햇살 눈부신 날도 있어. 그냥 오늘을 살고 또 오늘을 살면 돼. 그러면 된 거야."

나는 그 아이에게 내 마음이 닿기를, 간절한 말이 닿기를 빌었다. 죽은 아이의 말이 살아 있는 그 아이에게 닿기를 바라며 간절히 말했다.
"살아 줘! 끝까지!"

작가의 말

　유모차에 앉아 있는 아기가 방긋 웃는다. 아기가 까르르 웃으면 온 세상이 환해지고 주변의 모든 사물이 함께 웃는 것 같다. 햇빛도 바람도 나무도 풀도 아기와 더불어 미소 짓는 것 같다. 모든 부모에게 아이는 존재 자체로 한때 천사였다. 아이가 아기였을 때, 부모는 오직 건강하게 자라 주기만을 바랄 뿐이다.
　둘째 아이가 태어난 지 8개월 되던 무렵이었다. 잘 먹고 잘 놀고 잘 자던 아이가 갑자기 축 늘어졌다. 혼이 나간 채 아이를 안고 병원으로 달려가니 장중첩증이라고 했다. 24시간 안에 꼬인 장이 안 풀어지면 장괴사로 죽을 수도 있다는 청천벽력 같은 말을 들었다. 아이만 살릴 수 있다면 내 목숨을 바칠 수 있다고, 아무것도 바라지 않겠다고 생각했다. 아이는 응급조치를 받고 무사히 퇴원했다. 나는 그 절박했던 순간을 금방 잊었다. 아이의 생명만 구할 수 있기를 빌었던 그 순간의 간절함을 잊었다.

나는 욕심이 많고 잔소리가 심한 엄마였다. 아이의 존재 자체를 기뻐하고 감사하기보다 아이의 성취에만 기뻐하는 엄마였다. 아이가 다른 아이들보다 더 앞서기를 바랐다. 좋은 성적을 받아 오고 상을 받아 올 때만, 어른들의 말을 잘 듣고 고분고분할 때만 칭찬하고 아이를 인정해 주었다. 아이의 얼굴이 어두워도 무슨 고민이 있는지, 무엇을 힘들어하는지 귀 기울여 들으려 하지 않았다. 나는 잘 듣지 않는 엄마였다.

대한민국은 청소년 사망 원인 1위가 자살이고 출산율은 꼴찌인 나라다. 무엇이 한때 천사였던 아이들을 죽음으로 내몰고 있는 것일까. 그리고 천사였던 아이들이 친구들을 괴롭히는 괴물이 되기도 하는 이유는 무엇일까.

대한민국은 세계 그 어느 나라보다 비교와 경쟁이 심하다. 죽는 순간까지 비교의 굴레에 갇혀 산다. 남들보다 더 많이 가지고, 더 빨리 앞서 나가기를 바라고 안 되면 적어도 남들처럼만이라도 살기를 바란다. 타인과의 비교와 경쟁으로 쫓기는 부모 밑에서 자란 아이들은 늘 불안하고 불행하다. 아이들이 가장 싫어하는 것이 바로 부모의 잔소리와 비교다. 비교하는 부모를 둔 아이들은 친구들과 협력하기보다 경쟁이 최선이라고 믿는다.

부모는 자신의 아이를 세상 그 누구보다 사랑한다. 자식 하나 잘 키우겠다는 일념으로 아침부터 밤까지 돈을 벌고, 자식을 위해서라면 목숨을 내놓을 정도로 아이를 사랑한다. 그런데도 아이들은 부모의 사랑을 느끼지 못한다. 그 이유는 무엇일까. 부모들이 주는 사랑은 아이들이 원하는 사랑이 아니라 일방적인 사랑, 조건부 사랑이기 때문이다. 받는 사람이 원하지 않는 사랑은 어쩌면 폭력일지도 모른다.

아이들이 원하는 사랑은 무엇일까. 모든 아이는 뭘 잘하든 못하든, 그냥 존재 그 자체로 인정받고 관심받고 사랑받기를 원한다. 힘들 때는 귀를 기울이고 고민을 잘 들어 주기를 원한다. 어떤 힘든 일이 있어도 나를 사랑해 주는 사람이 한 명이라도 있다면 살아갈 이유가 생긴다. 단 한 사람만이라도 내 이야기에 온 마음을 기울여 들어 준다면 그 사람은 살아갈 힘을 얻는다.

자살은 죽겠다는 것이 아니라 살고 싶다는 외침, 제발 들어 달라는 외침, 마지막 비명이다. 마음속에 꽉 찬 억울함과 분노를 표현하게 하는 가장 좋은 방법은 '경청'이다. 아이들이 무엇을 힘들어하는지, 무엇을 좋아하는지 관심을 가져 주는 것, 아이들의 말에 귀 기울여 주는 것이 사랑이다. 힘들 때 옆에 있어 주고 손을 잡아 주는 것, 잘 들어 주는 것, 그것이 진짜 사랑이다.

아이들의 생명을 살리는 것은 오직 '사랑'이다. 온 우주를 다 준다 해도 생명과 바꿀 수 없다. 생명은 그 자체로 기적이다. 더

늦기 전에 아이들의 소리 없는 외침에 귀를 기울여야 한다. 우울의 늪에 빠진 아이들의 손을 꼭 잡아야 한다. 오직 사랑만이 아이들을 구할 수 있다. 천사들을 살릴 수 있다.

 그냥 사랑하기를!
 사막 같은 세상에도 사랑이 꽃피어 나기를!
 천사들의 웃음소리가 세상으로 번져 나가기를!

생명이 제 목소리로 노래하는 봄에
김옥숙

도토리숲 알심 문학 06
천사가 죽던 날

초판 1쇄 펴낸 날 2025년 5월 26일
초판 2쇄 펴낸 날 2025년 10월 20일

지은이 김옥숙

펴낸이 권인수
펴낸 곳 도토리숲
출판등록 2012년 1월 25일(제313-2012-151호)

주소 | 서울시 마포구 모래내로 7길 38 2층 202-5호(성산동 13-3, 서원빌딩)
전화 | 070-8879-5026 **팩스** | 02-337-5026 **이메일** | dotoribook@naver.com
블로그 | http://blog.naver.com/dotoribook
스마트스토어 | https://smartstore.naver.com/acornforestbook
인스타그램 | @acorn_forest_book

기획편집 권병재 | **책임편집** 강이서 | **디자인** 소산이

ⓒ 김옥숙 2025

ISBN 979-11-93599-22-8 03810

* 이 책은 저작권법에 따라 보호를 받는 저작물이므로, 무단 전재와 무단 복제를 금하며,
  이 책에 실린 내용을 이용하시려면 반드시 저작권자와 도토리숲의 동의를 받아야 합니다.
* 책값은 뒤표지에 적혀 있습니다. 잘못 만든 책은 구입하신 서점에서 바꾸어 드립니다.